MARY ANN FOX

Je dichter der Nebel

aufbau taschenbuch

MARY ANN FOX, Jahrgang 1978, verdiente sich ihr erstes Geld in einer Gärtnerei. Der Liebe wegen ging sie nach dem Studium nach England und arbeitete dort als Fremdenführerin, als Deutschlehrerin und dann im Botanischen Garten in Oxford. Sie arbeitet und lebt mittlerweile in Hamburg-Altona.
Im Aufbau Taschenbuch sind ihre Kriminalromane »Je tiefer man gräbt«, »Je dunkler das Grab«, »Je kälter die Asche«, »Je länger die Nacht«, »Je höher die Flut«, »Je lauter der Sturm«, »Je stiller der Tod« und »Je süßer das Gift« lieferbar.

Mags Blake erreicht ein Hilferuf ihrer Freundin, der Polizistin Mary Shifter. Ihr Partner, der Pilot Tim Robinson, ist verhaftet worden. Er soll einen seiner alten Royal-Air-Force-Kameraden so übel zusammengeschlagen haben, dass dieser an seinen Verletzungen gestorben ist.

Mags und ihre Freunde in Rosehaven können nicht glauben, dass Tim zu so einer Tat fähig ist. Also setzen sie alles daran, herauszufinden, was wirklich an dem Abend passiert ist. Doch sie kommen nicht weiter, und Tim selbst schweigt zu den Vorwürfen. Für die Polizei und die Staatsanwaltschaft ist die Sache klar. Bis Mags mit der ihr eigenen Hartnäckigkeit auf eine Geschichte in der Vergangenheit des Piloten stößt, die alles auf den Kopf stellt. Sie findet heraus, dass es Menschen gibt, die ein großes Interesse daran haben, dass Tim verurteilt und der Fall zu den Akten gelegt wird. Kann Mags auch diesmal den wahren Täter überführen?

MARY ANN FOX

JE DICHTER DER NEBEL

EIN CORNWALL-KRIMI

aufbau taschenbuch

MIX
Papier | Fördert gute Waldnutzung
FSC® C083411

ISBN 978-3-7466-3924-6

Aufbau ist eine Marke der
Aufbau Verlage GmbH & Co. KG

1. Auflage 2024

www.aufbau-verlage.de
10969 Berlin, Prinzenstraße 85

Umschlaggestaltung www.buerosued.de, München
unter Verwendung eines Motivs von
© mauritius images/Firstlight/Puzant Apkarian
Gesetzt aus der Sabon durch
Greiner & Reichel, Köln
Druck und Binden CPI books GmbH, Leck, Germany

Printed in Germany

植うる事　子のごとくせよ　児桜

Try to plant
As for a child
A little wild cherry tree.

Matsuo Basho, 1644–1694

Moos bedeckte die von Zeit und Wetter rundgeschliffenen Felsen. Die niedrigen Äste einer Kiefer warfen spitze Schatten auf den von glatten Steinplatten durchbrochenen Rasen. Das leise glucksende Geräusch von Wasser, das aus einem Bambusrohr in einen Teich floss, drang durch den Garten und ließ jede Bewegung scheinbar langsamer werden. Die von Hecken und Bäumen eingefasste Senke mit ihren in den Hang gehauenen Terrassen und Stufen war ein Ort, an dem sowohl Mensch als auch Tier Ruhe finden konnten. Ein Ort, an dem die Welt langsamer atmete. Doch die Gruppe kleiner Spatzen, die munter auf den aus dem Wasser ragenden Steinen saßen und im Morgenlicht ihre Gefieder putzten, ließ sich nicht von der Erhabenheit ihrer Umgebung stören. Sie flatterten auf und ab, erbeuteten hier und da eine Mücke und erforschten neugierig alles, was ihnen unter ihre Schnäbel kam. Dabei vermischten sich ihre Pfiffe mit dem Glucksen des Wassers und dem feinen Rauschen des Windes in den Bäumen zu einem ganz eigenen Lied.

Der alte graue Fischreiher, der auf einem der oberen Äste einer Kiefer saß, beobachtete das Treiben träge. Er hatte schon auf diesem Baum gesessen, bevor die Menschen begonnen hatten, die Landschaft zu verändern. Hatte gesehen, wie da, wo sich einst höchstens die Kinder des Dorfes einen Weg hinab zum Fluss mitten durch stachelige Brombeer- und Weißdornbüsche gesucht hatten, nach und nach eine neue Ordnung entstanden war. Wie fleißige Hände Stein um Stein die alte Mühle abgetragen und aus ihnen Neues geschaffen hatten. Wie große Steine, die er von den Wegkreuzungen und Flussufern kannte, vorsichtig mit schwerem Gerät an den Hang und dort an ihre neuen Plätze gebracht worden waren. Wie die kleinen und ihm unbekannten Bäume von den Menschen Jahr für Jahr mit Drähten und Scheren kunstvoll geformt worden waren. Er verstand nicht, warum die Menschen das taten. Aber er mochte die neu entstandenen Wasserbecken und Teiche. Einen Sommer lang hatte er mit Freude die großen roten Fische aus den Teichen geholt, bis die Menschen gelernt hatten und keine neuen Fische mehr einsetzten. Kurz überlegte er, ob er die Spatzen, die, so wie es Spatzen immer taten, plötzlich ihre Zahl verdoppelt hatten und deren Pfeifen immer lauter durch den Garten drang, mit einem kurzen Flug über ihre Köpfe hinweg verscheuchen sollte. Er mochte keine Spatzen, ein Fisch oder ein Frosch waren ihm lieber, aber die kleinen Plagegeister würden sich schnell in Sicherheit bringen, wenn der Schatten seiner breiten Flügel auf sie fiel. Doch bevor er sich aufschwingen konnte, hörte er vom Haus her Schritte, die sich seinem Sitzplatz näherten.

Die Spatzen flogen auf – sie folgten ihrem Instinkt, der sie bei Gefahr leise und unsichtbar werden ließ.

Der Fischreiher, grau und unbewegt, blieb, wo er war. Blieb und sah mit einer Mischung aus Neugierde und Befremden, wie ein Mensch neben dem dunklen Stein zu Boden sank und weinte.

1

Mags Blake stieg mit einem großen Schritt über die vor der hellgrün lackierten Küchentür liegenden Gummistiefel hinweg und ging barfuß hinaus in den Garten ihres Cottages.

Jetzt, Mitte Juni, war die vom nahen Meer kommende Morgenluft zwar noch kühl und das Gras feucht, aber das Versprechen von Wärme und Sonne lag schon in der Luft. Die Natur hatte das Werk, das sie im Mai begonnen hatte, zu voller Pracht geführt, und um Mags herum öffneten sich die Blüten der Pfingstrosen und Schwertlilien.

In einigen Wochen würden sie abgelöst werden durch dunklere Farben, die Kletterrosen würden ihre schweren Blütenköpfe öffnen und ihren süßen Duft über den Garten legen.

Mags blieb einen Moment in der Morgensonne stehen und atmete tief ein. Ihr Garten, oder besser, Sams und ihr Garten, denn mittlerweile war ihr Mann fast ebenso oft mit einem Strohhut auf dem Kopf in den Beeten zu sehen wie sie, ließ sie jedes Mal voller Demut innehalten. Sie hatten das alte Cottage erst vor zwei Jahren gekauft und waren unter wild wuchernden Brombeersträuchern und Unkraut nur noch auf wenige Spuren des ursprünglichen Gartens gestoßen. Aber mit viel Arbeit und der tatkräftigen Hilfe ihrer Freunde war es ihnen gelungen, in zwei Jahren die Grundlage für das zu schaffen, was sie nun hoffentlich für den Rest ihres Lebens jeden Morgen sehen würden.

Vielleicht war es genau das, was Mags an ihrer Arbeit so faszinierte. Ihr Garten war einem immerwährenden Wandel unterworfen. Pflanzen blühten und verblühten, Licht hob und senkte sich, Schatten wanderten im Lauf des Tages, der Monate und des Jahres im immer gleichen Rhythmus über Pflanzen, Wege und Steine. Die Hecken und Sträucher, die nun in vollem Grün vor ihr standen, waren erst wenige Monate zuvor von einer Schicht aus Eis und Schnee bedeckt gewesen. Es waren Veränderungen, die sich aber so stetig vollzogen, dass sie gleichzeitig Ruhe und eine merkwürdige Art von Zeitlosigkeit ausstrahlten. Mags schaute über ihren Garten und dann auf ihre Hände, die trotz aller Pflege sofort verrieten, was sie war. Es waren Hände, die in Erde wühlten, die von kleinen Kratzern und Wunden übersät waren und deren Haut rau und fest war. Gärtnerinnenhände. Noch waren sie nicht von Falten durchzogen, und die kleinen Flecken auf der hellen Haut waren der Sonne und nicht dem Alter geschuldet. Aber auch das würde sich irgendwann ändern. Alles änderte sich.

Sie wurde von einem lauten Schnattern aus ihren Gedanken gerissen. Sie blickte auf und sah, dass ihre Gans Agatha, die die Nacht zusammen mit dem Gänserich Arthur in ihrem gegen Füchse und Marder gesicherten Stall verbracht hatte, wieder einmal auf geheimnisvolle Art und Weise den Riegel des Tors geöffnet hatte und auf sie zugewatschelt kam.

Mags ging in die Hocke und erlaubte der Gans, ihr mit dem Schnabel durch die von der Nacht noch wuscheligen

Haare zu fahren. Mags revanchierte sich, indem sie mit der Hand über das weiche Gefieder strich.

»Hast du gut geschlafen, meine Schöne?«

Agatha schnatterte leise, und Mags meinte Zustimmung zu hören.

»Möchtest du etwas Futter?«

Diesmal kniff ihr die Gans als Antwort sanft ins Ohrläppchen.

»Na, dann los.«

Mags richtete sich auf und begann mit ihrer Morgenroutine, die sie sich in der warmen Jahreszeit angewöhnt hatte. Sie gab Agatha und Arthur ihr Futter und frisches Wasser. Dann ging sie in einem Bogen am Rand des Gartens entlang in Richtung der alten Stallungen, in denen sich das Büro und das Lager ihrer eigenen, mittlerweile gar nicht mehr so kleinen Gartenfirma Evergreen befanden. Was als kleines Ein-Frau-Unternehmen begonnen hatte, das sich vor allem um die vielen Gärten der Ferienhäuser in der Abwesenheit der Besitzer kümmerte, war zu einem florierenden Betrieb mit fünf fest angestellten Mitarbeitern und zahlreichen Aushilfskräften geworden. Und Evergreen hatte mit Blake & Gull einen neuen Ableger bekommen, der für mehr Anfragen und Aufträge sorgte, als sie annehmen konnte. Mags grinste. Es gab sogar eine Warteliste, da es sich viele Hausbesitzer nicht nehmen lassen wollten, ihren Garten von Mags und ihrem Geschäftspartner C. C. Gull gestalten zu lassen. Mags hatte C. C. Gull unter seinem bürgerlichen Namen Gulliver kennengelernt, als der berühmte Landschaftsarchitekt sich vor einigen Jahren eigentlich in Rosehaven zur Ruhe setzen wollte. Gulliver hatte allerdings schnell zu viel von der Ruhe gehabt und nun arbeiteten sie zusammen. Doch ihr Partner war gerade in London, wo er versuchte, für sich und Mags einen Platz bei der Chelsea Flower Show zu gewinnen. Mags merkte, wie in ihr Freude und Panik miteinander kämpften, sobald sie sich vorstellte, wirklich und wahrhaftig mit einem eigenen Schaugarten dort zu sein. Die Chelsea Flower Show war für Gärtnerinnen das, was für Schauspielerinnen die Oscar-Verleihung war oder für Schriftsteller der Nobelpreis. Da war es nur normal, wenn sie bei aller freudiger Aufregung auch großen Respekt verspürte. Doch solange Gulliver mit ihrer Bewerbung nicht erfolgreich war, blieb die Flower Show ein schöner Traum.

Mags blieb regelmäßig stehen, um eine Schnecke aufzusammeln und über den Zaun auf die Weide zu werfen. Sie wusste, dass es nicht wirklich etwas nutzte. Sie würden zurückkommen. Und als Gärtnerin sollte sie wirklich kein Mitleid haben und kurzen Prozess mit den Plagegeistern machen, aber sie schaffte es einfach nicht. Im Frühjahr hatten Arthur und Agatha noch ab und an zu Mags Überraschung eine Schnecke verschlungen, wahrscheinlich, weil sie damals noch gewachsen waren, aber mittlerweile machten die beiden Gänse keine Versuche mehr, auf diesem Weg an Nahrung zu kommen. Hühner wären eine Lösung, die fraßen begeistert die Schneckeneier. Oder Enten. Aber ob Agatha irgendein anderes Federvieh in ihrem Revier dulden würde? Mags und Sam hatten schon mehrere Holzstapel aufgeschichtet, die Igeln ein Zuhause bieten sollten. Eine Igelfamilie konnte in einer Nacht eine nicht unerhebliche Menge von Schnecken vertilgen. Mit dem Gedanken an eine ganze Herde stacheliger Schneckenverschlinger ging Mags weiter in Richtung der ehemaligen Ställe und pflückte Kornblumen, Kamille, Nelken, Schafgarbe Margeriten, Arnika und Johanniskraut, die auf einem breiten Streifen neben der niedrigen Steinmauer im hohen Gras wuchsen. Nur die wunderschönen roten Blüten des Klatschmohns pflückte sie nicht, da diese innerhalb von wenigen Minuten verwelkten und nicht in einer Vase stehen konnten. Ihr Weg führte sie an dem Gewächshaus vorbei, ihrer neuesten Investition, in dem in diesem Jahr die ersten Blumen wuchsen. Wenn sie die Gärten ihrer Kunden zum Teil mit eigenen Pflanzen bestückte, könnte sie ihren Gewinn deutlich steigern. Im Büro angekommen fuhr sie den Computer hoch, stellte die Kaffeemaschine und den Wasserkocher an und kontrollierte, ob im Kühlschrank ausreichend Getränke lagen. Da heute Montag war, fingen ihre Mitarbeiter erst später an und fuhren zum Teil direkt zu ihren jeweiligen Einsatzorten. Dienstags und freitags begann der Arbeitstag für alle mit einem gemeinsamen Frühstück. Mags hatte am Anfang Sorgen gehabt, wie sie sich als Chefin machen würde, war aber mittlerweile entspannter. Sie verlangte von sich und ihren Leuten viel – ermöglichte aber im Gegenzug auch eine Menge. Sie war bereit, Arbeitszeiten anzupassen und auf individuelle Bedürfnisse einzugehen – und hatte so ein gutes und bisher zufriedenes Team auf die Beine gestellt.

Die größte Freude und auch Erleichterung hatte ihr dabei Miss Clara verschafft, die sich bereit erklärt hatte, die Buchhaltung zu übernehmen und für ein Mindestmaß an Ordnung im Büro zu sorgen. Mags holte eine Vase aus dem Schrank, säuberte mit geübten Griffen die Stängel der Blumen von Blättern, arrangierte alles zu einem bunten und fröhlichen Durcheinander und stellte die gefüllte Vase neben Miss Claras Schreibtisch auf die niedrige Fensterbank.

Dann trat sie wieder ins Freie und ging den mittlerweile von Schlaglöchern befreiten Weg hinauf bis an die Straße, wo sie die Tageszeitung und die Post aus dem in leuchtendem Blau gestrichenen Briefkasten zog.

Sie überflog im Gehen die Schlagzeilen der *Cornwall Gazette* und innerhalb von Sekunden verfinsterte sich ihre Miene. Sie ließ sich auf einen der Steine sinken, die den Weg zum Cottage begrenzten und las:

»Bei einem Treffen ehemaliger Royal Air Force-Piloten in einem Pub in St Mawgan kam es am Samstagabend zu einer Schlägerei, bei der einer der Beteiligten so schwer verletzt wurde, dass er noch vor Ort starb. Der Pilot Tim R., der unweit des Hellford Rivers ein privates Flugunternehmen leitet, wurde verhaftet. Augenzeugen zufolge hatte es zuvor zwischen Tim R. und dem Opfer einen Streit gegeben.«

Mags fluchte und blickte dann den Weg hinab zum Cottage, wo im Gästezimmer im ersten Stock hinter den hellblauen Sommervorhängen ihre Freundin Mary Shifter lag und hoffentlich noch schlief.

Verdammt.

2

Der große Küchentisch war für Mags vom ersten Tag an der Mittelpunkt ihres Cottages gewesen. Im Alltag war er, wie heute auch, auf einer Seite bedeckt mit Post, Zeitungen, mehreren kleinen Bücherstapeln, Stiften und Zetteln mit Notizen und Einkaufslisten, und mittendrin standen zwei Gläser mit selbstgemachtem Lemon Curd, die Mags Onkel Jim ihnen am Tag zuvor vorbeigebracht hatte. In einer breiten flachen Obstschale lagen zwei Schlüsselbunde und eine angebrochene Tüte mit weißen Schokoladenbonbons. Auf die freie Seite des Tisches hatte Mags eine große Teekanne unter einen Tee-Cosy, der die Form einer Gans hatte, gestellt. Ein blauer Krug war mit Milch gefüllt und stand neben einer Dose mit Müsli.

Mags hätte ihrem Besuch gerne ein richtiges Frühstück angeboten, aber wie so oft hatten weder sie noch Sam ans Einkaufen gedacht. Das musste sich wirklich ändern. Aber im Kühlschrank lagen Eier, ebenfalls von Jim, der eine ganze Schar Hühner auf seinem Hof hielt. Und im Schrank gab es einen Rest Mehl – und daher würde es zum Müsli Pfannkuchen geben. Sie würde ihren Besuch vor dem Essen raus in den Garten schicken, um Erdbeeren, Himbeeren und vielleicht auch schon einige frühe reife Johannisbeeren zu pflücken.

Keine Kirschen, leider, denn die Kirschen, die an einem der alten Bäume neben dem Cottage wuchsen, waren schon im letzten Jahr voller weißer Würmchen gewesen und waren es dieses Jahr trotz aller Vorsichtsmaßnahmen wieder. Die Würmchen waren die Maden der Kirschfruchtfliege – und die waren ziemlich hartnäckig. Die Fliegen schlüpften zwischen Mai und Juni aus ihren in der Erde vergrabenen Puppen und legten dann selbst neue Eier in die noch unreifen Früchte oben im Baum. Wenn dann die Maden aus den Eiern schlüpften, bohrten sie sich tiefer in die Kirschen und warteten dort, bis ihre Frucht zu Boden fiel. Ein stetiger Kreislauf, den nur das Wetter, natürliche Fressfeinde oder Parasiten unterbrechen konnten. Eine von der Natur ziemlich gut durchdachte Art, den Fortbestand der Gattung zu retten – aber ein Problem, wenn man als Mensch gerne Kirschen ohne Maden essen mochte.

Als Kind hatte Mags die Früchte solcher befallenen Bäume trotzdem gegessen – die Maden waren ungiftig und geschmacklos und gaben den roten Früchten eine Art gefährlichen Reiz. Aber als Erwachsene war dummerweise ihr Ekel gewachsen. Also würden auch dieses Jahr die Vögel im Kirschbaum ein Festmahl haben. Eigentlich sollte sie den alten Baum fällen und junge, neuere Kirschsorten pflanzen, die früher rot wurden und weniger Gefahr liefen, befallen zu werden. Aber sie brachte es nicht übers Herz. Der alte Kirschbaum durfte in ihrem Garten stehen bleiben und noch älter werden. Ein Gedanke, der ihr gefiel und sie die verlorenen Kirschen leichter verschmerzen ließ.

Im nächsten Jahr, und der Gedanke ließ sie lächeln, würden Sam und sie einen neuen Baum pflanzen, einen neuen Kirschbaum, der wachsen würde und dessen Kirschen dann …

Sie schüttelte den Kopf und konzentrierte sich wieder auf die Zubereitung des Frühstücks.

Als sie die Eier vorsichtig in eine Schüssel schlug, hörte sie Schritte, die die Treppe des Cottages herabkamen. Es war nicht Sam, der in langer Gewohnheit die Stufen ausließ, die knarrten. Leichtere Schritte näherten sich, die gegen Ende der Treppe zögerten. Mags drehte sich zu ihrer Freundin um.

»Guten Morgen Mary.«

Mary Shifter war der Schlafanzug, den Mags ihr am Abend geliehen hatte, etwas zu kurz und etwas zu weit. Mit den nicht wie sonst in einen strengen Knoten gefassten, sondern nun offenen Haaren sah sie jünger aus, verletzlicher als sonst. Sie rieb sich die Augen, die rot und geschwollen waren.

»Guten Morgen.«

»Auf dem Tisch steht Tee. Oder möchtest du lieber einen Kaffee?«

»Tee ist gut.«

Mary ging zum Tisch und Mags konnte aus den Augenwinkeln sehen, dass der Tee-Cosy ihr ein, wenn auch nur kurzes, Lächeln aufs Gesicht legte.

»Ein Geschenk von Miss Clara.«

»Er ist zauberhaft.«

Sie schenkte sich den Tee ein und ließ sich auf die breite Küchenbank sinken.

»Wo ist Sam?«

Mags hatte die Eier mittlerweile aufgeschlagen und gab Mehl, Milch und etwas Zucker dazu. Sie maß die Zutaten nicht ab, was meistens, wenn auch nicht immer, gutging. Dann rührte sie weiter.

»Oh, hast du ihn noch gar nicht gehört? Der sitzt schon seit zwei Stunden oben an seinem Schreibtisch. Entweder arbeitet er, oder er ist in irgendein Buch versunken.«

Mary rieb sich die Augen und sah dann zur Küchenuhr, die über der Tür hing.

»Seit zwei Stunden? Aber es ist gerade mal sieben.«

Mags lachte.

»Montags sind wir immer etwas später dran als sonst. Normalerweise bin ich im Sommer um sieben schon längst unterwegs zu einem der Gärten. Und Sam steht meistens sehr früh auf. Er sagt, er kann morgens, bevor die Welt so richtig erwacht, am besten schreiben.«

Mary schüttelte den Kopf.

»Und ich dachte, ich als Polizistin hätte miese Arbeitszeiten.«

Mags stellte eine Pfanne auf den Herd und holte ein Stück Butter aus dem Kühlschrank.

»Dafür kann ich dann im Winter länger unter der Bettdecke liegen blieben – vor allem, da ich mich dank Miss Clara nicht mehr um den ganzen Papierkram kümmern muss.«

Sie ließ ein Stück Butter in die Pfanne gleiten und goss dann die erste Portion Teig dazu.

»Hier.«

Sie drückte Mary einen kleinen Korb in die Hand und zeigte auf die Küchentür.

»Wir brauchen noch ein paar Beeren für das Frühstück. Himbeeren, Erdbeeren, vielleicht sind auch schon einige Johannisbeeren reif.«

Mary sah den Korb und dann Mags skeptisch an.

»Ähm. Ich will nicht aus Versehen etwas pflücken, was giftig ist.«

»Ach Quatsch. Die Beeren sehen im Garten auch nicht anders aus als im Supermarkt. Und ich habe keine giftigen Früchte im Garten.«

Während Mary im Garten verschwand und dabei anscheinend von einer fröhlich schnatternden Gans begleitet wurde, wendete Mags vorsichtig den dicken Pfannkuchen und ließ ihn auf einen Teller gleiten. Sie goss den restlichen Teig in die Pfanne und stellte den ersten Pfannkuchen zusammen mit einem Glas Honig und einer kleinen Schüssel Nüsse auf den Tisch. Erst dann bemerkte sie, dass das Schnattern im Garten leiser geworden war.

Als sie aus der Tür blickte, sah sie Mary, die weinend mitten auf dem Rasen saß. Eine besorgte Agatha hatte sich neben sie gestellt und tippte sie immer wieder unsanft mit dem Schnabel an.

Mags seufzte und beeilte sich, zu ihrer Freundin zu kommen.

3

»Ach Mary …«

Mags kniete sich neben ihre Freundin und nahm sie in den Arm. Mary zitterte und lehnte ihren Kopf an Mags Schulter. Anscheinend war diese Umarmung für Agatha, die ihre Monopol-Stellung in Hinblick auf Mags verteidigte, zu viel. Erneut stupste sie Mary mit dem Schnabel gegen den Oberarm und ließ dann ein lautes Zischen ertönen. Eindeutig eine Warnung.

»Agatha will wohl nicht, dass ich weine?«

»Sie will vor allem, dass du aufstehst. Für Agatha gehören Menschen auf zwei Beine, vielleicht noch auf einen Stuhl. Menschen, die auf dem Boden sitzen oder liegen stören ihren Sinn für Ordnung.«

Mags streckte Mary eine Hand entgegen und zog sie auf die Beine. Dann gingen sie zusammen zu einer kleinen Bank, die vor der Mauer des Cottages unter einem Rosenbogen in der wärmenden Morgensonne stand. Mary setzte sich, immer noch zitternd, zog die Nase hoch und wischte sich mit dem Ärmel des Schlafanzuges die Tränen aus dem Gesicht. Es war eine seltsam kindliche, unbeholfene Bewegung und Mags wünschte sich, sie könnte ihrer Freundin die normalerweise für sie so typische Kraft und Energie wiedergeben.

Erneut zog Mary die Nase hoch, dann holte sie tief Luft und setze sich aufrechter hin.

»Ich weiß einfach nicht, was ich denken soll, Mags.

Was ich machen soll! Es ist, als wäre ich die beiden letzten Jahre mit einem Fremden zusammen gewesen. Wer ist der Mann, mit dem ich so viel Zeit verbracht habe?«

Mags hatte ihre Freundin noch nie so erlebt. Mary Shifter war sicherlich keine Frau, die immer nur lächelnd durchs Leben ging. Ihr Beruf als Polizistin, ihr Kampf um Anerkennung und um ihre Karriere, die Dinge, die sie tagtäglich auf ihrer Arbeit sah – all das hatte aus Mary eine eher ernste und zielstrebige Frau gemacht. Die Beziehung zu Tim war auch nie leicht gewesen. Mags wusste, wie sehr Mary damit zu kämpfen hatte, dass Tim ganze Abschnitte seiner Vergangenheit für sich behielt. Aber die beiden hatten es geschafft, hatten sich zusammengerauft, hatten sich auf ihre Gemeinsamkeiten konzentriert. Und jetzt?

Mags schaute auf Mary hinab, die wieder erschöpft ihren Kopf gegen ihre Schulter lehnte. Eine neue Situation, war es doch bisher meist andersherum gewesen. Als Mags nach einem schweren und traumatischen Unfall wieder lernen musste, ihren rechten Arm zu gebrauchen, war es Mary gewesen, die sie immer und immer wieder getröstet und aufgerichtet hatte. Mary, die sie mit leisem Spott und viel Verständnis angetrieben hatte. Heute konnte Mags ihren Arm wieder fast vollständig belasten. Und sie wusste, dass sie es ohne ihre Freunde und Sam, aber vor allem auch ohne Mary, nicht geschafft hätte.

Jetzt war es an ihr, für sie da zu sein und zuzuhören.

»Weißt du, was genau passiert ist?«

»In groben Zügen schon. Tim ist zu einem Treffen von ehemaligen Piloten der Royal Air Force nach St Mawgan gefahren. Dort war er ja vor seinem Abschied stationiert.

Er hat wohl noch nie an einem der jährlichen Treffen teilgenommen, wollte aber dieses Jahr unbedingt dahin. Warum wissen der Teufel und Tim allein. Mir hat er es nicht erzählt.«

Mary sah zu Mags auf.

»Ach verdammt. Ich habe mich so sehr an Tims Verschlossenheit gewöhnt, dass ich noch nicht mal nachgefragt habe. Also nicht, dass er mir eine Antwort gegeben hätte. Aber …«

Mags ließ ihren Blick über den Garten schweifen, in dem Agatha mittlerweile damit beschäftigt war, Gras zu zupfen, und wartete, dass Mary weitersprach.

»Er fuhr also dort hin, es hat irgendeinen offiziellen Empfang gegeben. Sein ehemaliger Kommandant, er heißt Porter, hat dazu eingeladen. So, wie Tim von ihm sprach, muss er ihn sehr respektieren. Der General lebt im Ort und hat mit seiner Frau in seinem Ruhestand dort einen großen Garten angelegt. Ich weiß noch, dass Tim gelacht und gesagt hat, er könnte sich nicht vorstellen, dass Porter nun auf Gärtner mache. Nach dem Empfang sind sie wohl alle noch in einen Pub im Ort gefahren.«

Alles zu erzählen, schien Mary zu helfen. Ihre Stimme wurde klarer, und sie sah Mags konzentriert an.

»Ich konnte die Akte nicht einsehen, aber ein Kollege aus Newquay, der mir noch einen Gefallen schuldet, hat mir das Gröbste erzählt. Es waren wohl fünf Männer, die am Ende noch an der Bar saßen. Tim und General Porter, sein ehemaliger Vorgesetzter. Zwei weitere frühere Kameraden, deren Namen ich mir irgendwo aufgeschrieben habe. Aber ich bin mir sicher, dass Tim sie nie erwähnt hat. Und dann noch …«

Mary zögerte kurz.

»Edgar McCallum.«

Mags horchte auf. Der Name sagte ihr etwas. Sie musste einen Moment überlegen, dann fand sie in ihrer Erinnerung das passende Gesicht. Rote, kurz geschnittene Haare, in die eine Fliegersonnenbrille geschoben war, eine tiefe, leicht ironische Stimme, blaue Augen, die sie skeptisch ansahen.

»Edgar McCallum, der Fluginspektor, der wegen der Notlandung von Tim und mir hier aufgetaucht ist?«

»Ja. Genau der.«

Mags erinnerte sich an sein ziemlich aggressives Auftreten. Sie hatte im letzten Jahr bei der jährlichen Tombola des Dorfes einen Rundflug mit Tim in seiner Cessna gewonnen, der leider nach dem Ausfall des Motors mit einer, wenn auch – dank einiger Schutzengel und vor allem dank Tims Ruhe und Erfahrung – sanften Notlandung endete. Die zuständige Behörde, die Air Accidents Investigation Branch oder kurz AAIB, die in solchen Fällen ermittelte und nach den Unfallursachen forschte, war damals in Gestalt eines unfreundlichen, breit gebauten Ermittlers aufgetaucht. Edgar McCallum. Der, wie sich herausstellte, Tim aus deren gemeinsamer Zeit bei der Royal Air Force kannte. Zwischen den beiden herrschte damals nicht gerade eitel Sonnenschein.

»Er und Tim haben sich damals fast im *Golden Budgie* geprügelt, oder? Ich weiß noch, wie du dazwischen gegangen bist. Und später haben die beiden ihre Auseinandersetzung dann in Tims Hangar fortgesetzt, aber ich habe den Feuerlöscher …«

Mags lächelte bei der Erinnerung an die beiden mit Schaum bedeckten Männer, aber brach sofort ab, als sie beim Blick in Marys Gesicht eine Ahnung beschlich.

»Edgar ist das Opfer, oder?«

»Ja.«

So langsam bekam Mags eine Idee davon, was passiert war. Ihr wurde trotz der immer stärker wärmenden Sonne kalt und sie versuchte, ein Zittern zu unterdrücken.

»Laut Aussage der anderen haben die beiden zusammengesessen und sich leise unterhalten. Doch irgendwann wurde es lauter, sie haben sich beschimpft und der Wirt hat sie vor die Tür gesetzt, damit sie sich dort »abkühlen« könnten. Die anderen wollten noch austrinken und sich dann auf den Heimweg machen. Doch wenige Minuten später hörten sie Schreie und die Geräusche einer Prügelei. Als sie rausstürzten, sahen sie nur, dass Edgar auf dem Boden lag und sich nicht mehr bewegte, und Tim neben ihm stand, Blut an den geballten Fäusten.«

Mags merkte, dass sie die Luft angehalten hatte.

»Was sagt Tim?«

»Er will mit niemandem reden. Nicht mal mit mir.«

Marys Stimme brach. Sie räusperte sich und sprach leise weiter.

»Laut meinem Kollegen hat er noch in der Nacht gestanden, dass er und Edgar sich gestritten und schließlich geprügelt haben.«

Mags dachte nach.

»Ein Unfall? Wenn die beiden zu viel getrunken hatten ... Tim würde doch nie ...«

Mary schüttelte den Kopf.

»Nein. Das ist das Problem.«

Mary blickte auf, und Mags konnte den Schmerz in ihren Augen sehen.

»Edgar McCallum war betrunken, das sagt der Wirt und auch die anderen Gäste bezeugen das. Und die Obduktion wird es bestätigen.«

»Und Tim?«

Doch Mags kannte die Antwort schon. Sie konnte sie an Marys Gesichtsausdruck ablesen.

»Tim war nüchtern. Völlig nüchtern. Sein Wagen stand vor der Tür, er wollte an dem Abend noch zurück nach Hause fahren. Er hat nur Cola und Wasser getrunken. Er wusste, dass ich auf ihn warten würde.«

Mary sah Mags an und holte tief Luft.

»Die Staatsanwaltschaft wird Anklage wegen Mordes erheben.«

Sie saßen nebeneinander auf der Bank, eingehüllt in die wärmenden Sonnenstrahlen. In den Rosen, die rings um sie herum an ihrem Spalier rankten, summten Bienen und Hummeln um die Wette. Der Tag versprach, sonnig und trocken zu sein. Mags wusste einfach nicht, was sie sagen sollte. Ihr fiel nichts ein, was Mary hätte trösten können. Wenn die Geschichte stimmte, dann hatte Tim gestern Nacht einen Mann getötet. Sie sah kurz zu Mary, die die Augen geschlossen hatte. Dann sah sie wieder auf ihren Garten.

Agatha war mittlerweile damit beschäftigt, sich durch eine schmale Lücke zwischen Zaun und Geräteschuppen zu zwängen. Ihr Partner Arthur, der seit dem Frühjahr deutlich an Gewicht zugelegt hatte, watschelte zufrieden hinter ihr her und kämpfte sich ebenfalls, wenn auch deutlich weniger elegant, durch die Lücke. Mags fragte sich gedankenverloren, was die beiden Gänse wohl hinter dem Schuppen verloren hatten.

Marys Kopf an ihrer Schulter wurde schwerer und sie hörte, wie ihre Atemzüge tiefer und langsamer wurden. Mary war vor Erschöpfung eingeschlafen. Gerade, als Mags überlegte, wie sie an ein Kissen kommen sollte, ließ sie ein lautes Piepen aus dem Haus zuerst aufblicken, dann erschrocken und ohne Rücksicht auf die schlafende Mary aufspringen. Der Rauchmelder! Die Pfannkuchen!

4

Mags hatte die Pfanne mit den verkohlten Überresten ihres Pfannkuchens nach draußen getragen und vorsichtig in die Wassertonne gleiten lassen. Dann hatte sie mit schuldbewusster Miene Sams Standpauke über sich ergehen lassen. Denn dummerweise war es nicht das erste Mal gewesen, dass sie etwas auf dem Herd vergessen hatte. Oder im Herd. Vielleicht waren diese Unfälle einfach ein Wink des Schicksals, dass Kochen oder Backen keine Tätigkeiten für sie waren. Mary hatte verkündet, ohnehin keinen Hunger zu haben und war wieder im Gästezimmer verschwunden. Sam hatte demonstrativ den Feuerlöscher aus dem Flur geholt und neben den Herd gestellt, bevor er zurück an seinen Schreibtisch gegangen war.

Mags seufzte. Sie würde sich gleich morgen einen großen Küchenwecker kaufen, der sie in Zukunft davor bewahren sollte, Lebensmittel in Briketts zu verwandeln.

Sie öffnete die Tür zu ihren Geschäftsräumen in den alten Stallungen des Cottages und musste trotz aller Sorgen lächeln. Miss Clara saß vor dem Rechner, die kinnlangen und zu einem Bob geschnittenen grauen Haare mit einem Band im Stil der fünfziger Jahre zurückgebunden und tippte energisch und mit strengem Gesichtsausdruck auf der Tastatur.

»Guten Morgen!«

Clara sah nicht auf und nickte nur kurz. Ihrem Gesichtsausdruck nach schrieb sie gerade Mahnungen, etwas, was ihr je nach Empfänger mehr oder weniger Freude machte. Mags wartete geduldig, bis die Finger ihrer Freundin nicht mehr über die Tasten huschten und diese mit einigen Bewegungen und Klicks der Maus den Drucker brummend in Gang gesetzt hatte.

»Probleme?«

Miss Clara sah auf und schüttelte den Kopf.

»Nein. Nur die zweite Mahnung an die Treemans.«

»Oh. Hat Jonny Probleme?«

Jonny Treeman war zusammen mit seiner Frau Agnes Inhaber eines kleinen, aber feinen Hotels, das sie in einem ehemaligen Landsitz aus dem neunzehnten Jahrhundert ausgebaut hatten. Das Hotel lag am Ende des Helford Rivers und hatte einen kleinen Park, der vor allem für seine Dahlien bekannt war. Im letzten Jahr hatten die Treemans zusätzlich zum Hotel in der ehemaligen Orangerie ein Café eröffnet, um im Sommer auch Tagestouristen anzulocken. Evergreen hatte die Treemans bei der Auswahl der Pflanzen für die Innenräume beraten und dafür gesorgt, dass der viel zu schwere Efeu, der die Außenfassade überwuchert hatte, entfernt und durch herrlich duftende Clematis ersetzt wurden.

Miss Clara lachte.

»Immer. Aber, soweit ich weiß, keine finanziellen.«

Da Miss Clara grundsätzlich alles wusste, was in und rund um Rosehaven passierte, waren ihre Aussagen meist mehr wert als jede Liquiditätsprüfung einer Bank.

»Aber warum dann die Mahnungen?«

»Jonny hat beschlossen, dass sein Sohn, der sein Studium in London letztes Jahr beendet hat und seitdem wieder bei seinen Eltern wohnt und es sich gut gehen lässt, das Geschäft von der Pike auf lernen soll. Als Erstes hat er ihn in die Buchhaltung gesteckt. Steve, der ja bisher alles für das Hotel gemacht hat, ist in den Ruhestand gegangen. Und seitdem läuft es nicht. Die Treemans müssten so langsam sehen, dass ihr Sohnemann immer noch nicht verstanden hat, dass das Ganze kein Spiel ist.«

»Und haben Sie schon einen Plan?«

»Einen Plan? Ich weiß nicht, was du meinst, Margaret.«

Mags zuckte zusammen. Immer, wenn Miss Clara ihren vollen Namen sagte, kam sie sich wieder vor wie zwölf.

»Naja, ich dachte, Sie sorgen dafür, dass Sie den jungen Treeman, ganz zufällig natürlich, irgendwo treffen. Oder Sie schauen auf einen Tee in der Orangerie vorbei und das Thema kommt, natürlich ebenfalls ganz zufällig, auf den Tisch. Oder Sie finden einen Weg, dass der Delinquent unter Ihren strengen Augen bei der Feuerwehr mitarbeitet – und bearbeiten ihn so.«

»Margaret Mary Blake! Das klingt bei dir ja so, als würde ich durch die Gegend laufen und eine Intrige nach der nächsten planen. Ich bin doch nicht der Pate von Rosehaven.«

»Nein. Nein, natürlich nicht.«

Mags sah ein kurzes Aufblitzen in Miss Claras Augen und musste lächeln.

»Nicht der Pate. Eher eine elegantere und natürlich viel friedfertigere Version von ihm.«

Miss Clara lachte.

»Danke für die Blumen. Und für die echten natürlich auch. Möchtest du einen Tee?«

Mags lehnte sich an die Fensterbank.

»Nein. Danke. Ich habe gerade mit Mary einen getrunken.«

Miss Clara sah besorgt auf. Sie war ebenfalls gestern Abend am Hafen gewesen und hatte mitbekommen, wie Mary völlig aufgelöst mit den schrecklichen Neuigkeiten über Tim ins Dorf gerast war.

»Wie geht es ihr?«

Mags spürte, wie ihr die Tränen, die sie in Marys Anwesenheit unterdrückt hatte, nun in die Augen stiegen.

»Oh Clara, es ist fürchterlich. Sie redet ganz ruhig und halbwegs kontrolliert darüber, und im nächsten Moment weint sie und ...«

Mags versuchte, die richtigen Worte zu finden.

»Ich glaube, es ist wie ein Schock. Sie hat mir erzählt, dass Tim nüchtern war und laut Zeugen auf das betrunkene Opfer eingeschlagen haben soll. Er wird wegen Mordes angeklagt werden.«

Die beiden Frauen sahen sich an und schwiegen für einen Moment. Mags seufzte schließlich auf.

»Hat Eric etwas erreicht?«

Eric Johnson, mittlerweile aus dem Dienst ausgeschiedener Inspector der cornischen Polizei, war vor einigen Jahren in ihr Leben getreten, als Mags in einem Garten über einige alte Knochen gestolpert war. Menschenknochen. Der brummige und wenig umgängliche Mann war in Miss Claras Gegenwart aufgetaut und zur Überraschung aller Beteiligten, einschließlich wohl ihrer selbst, waren die beiden mittlerweile verheiratetet und lebten zusammen in Rosehaven. Aus Mags anfänglicher Skepsis dem Polizisten gegenüber war nach und nach eine vertrauensvolle Freundschaft erwachsen – und Mags freute sich sehr, dass Clara und Eric zueinander gefunden hatten.

»Ja und Nein.«

Mags sah Clara fragend an.

»Ein Ja: Eric konnte mit dem zuständigen Beamten für St Mawgan sprechen – sie kennen sich von früher. Und ein Nein: der Fall lag nur für wenige Stunden auf seinem Schreibtisch. Da die Staatsanwaltschaft Anklage wegen Mordes erheben will, wurde der Fall weitergereicht an die Kriminalpolizei – und damit an …«

Mags wusste, welcher Name jetzt kommen würde.

»Phyllis Armstrong.«

Mags seufzte.

Natürlich. DC Armstrong. Phyllis Armstrong war Erics Nachfolgerin bei der Kriminalpolizei und hatte schon des Öfteren mehr als deutlich gemacht, dass sie sich jede Art von Einmischung durch Zivilisten in ihre Ermittlungen verbat. Insbesondere Einmischungen von Mags. Ihre Beziehung war von Anfang an nicht leicht gewesen, im Laufe der Zeit immer schlechter geworden und spätestens seit Weihnachten mehr als nur eisig.

»Und jetzt?«

»Eric hat eine Nachricht von Phyllis bekommen, und sie hat ihn sehr deutlich aufgefordert, sich nicht einzumischen. Und er soll auch dafür sorgen, dass Mary die Füße still hält. Sie weiß, dass die beiden auch nach seinem Ausscheiden weiterhin Kontakt haben. Und sie muss wohl auch ein zwei Sätze über eine gewisse Gärtnerin eingebaut haben …«

»Phyllis Armstrong hat mir nichts zu sagen!«

Clara seufzte.

»Nein, Mags. Dir nicht. Aber sie ist immer noch Marys Vorgesetzte. Und zuständig in Tims Fall. Also …«

»Also was?«

»Wenn wir Mary schützen wollen, müssen wir dafür sorgen, dass sie sich zurückhält. Wenn auch nur im Ansatz der Verdacht aufkommt, dass Mary sich in die Ermittlungen einmischt, wird das ernste Konsequenzen für ihre Position haben. Und es wird Tim nicht helfen.«

»Wieso das?«

»Mags, Liebes. Tim hat sich allem Anschein nach mit diesem Mann geprügelt. Es gibt Zeugen. Er hat gestanden. Eric meint, wir können nur hoffen, dass die Verteidigung es schafft, von Mord auf Körperverletzung mit Todesfolge zu gehen.«

»Aber …«

»Ich befürchte, diesmal gibt es kein Aber. Tim hat seine Wahl getroffen.«

»Welche Wahl?«

Miss Clara stand auf und blickte aus dem Fenster. Dann drehte sie sich zu Mags um, und ihre Stimme war leise, aber eindringlich

»Er hätte auch gehen können, oder? Er hätte sich nicht prügeln müssen. Er hat Gewalt als Weg gewählt – und er wird die Konsequenzen tragen müssen.«

Mags wollte etwas sagen, irgendetwas, wollte Tim, den sie mochte und der ihr vor allem wegen Mary wichtig war, verteidigen, schloss aber unter Miss Claras Blick den Mund.

Miss Clara hatte sehr klare Vorstellungen davon, was richtig und was falsch war. Unbestechliche Vorstellungen – die Mags in den letzten Jahren sehr zu schätzen gelernt hatte. Ihr mochte nicht gefallen, was Clara gerade gesagt hatte, aber ein nicht gerade kleiner Teil von ihr stimmte ihr zu. So, wie es aussah, hatte Tim eine Wahl getroffen. Die Falsche. Trotzdem, es ging ja nicht nur um Tim.

»Aber wir müssen Mary helfen. Wir …«

Clara seufzte und legte Mags ihre Hand auf den Arm.

»Nicht alles lässt sich lösen. Nicht alles lässt sich reparieren. Ich denke, wir helfen Mary am meisten, indem wir hier für sie da sind.«

»Nicht mehr?«

»Nicht weniger. Wir geben Mary Halt, wir sorgen dafür, dass sie nicht irgendwelche Dummheiten macht und ihren Job und damit auch ihre Zukunft als Polizistin aufs Spielt setzt. Wir sind ihr gute Freundinnen. Daran ist nichts wenig oder klein.«

Mags nickte. Miss Clara hatte recht, wie so oft, aber alles in ihr schrie danach, etwas zu tun. Zu handeln. Sie war noch nie gut darin gewesen, Dinge einfach geschehen zu lassen.

Miss Clara setzte sich wieder an den Schreibtisch und sah zu Mags auf.

»Kommt doch heute Abend zum Essen zu uns. Du und Sam. Und ihr bringt Mary mit. Eric hat an den Klippen eine Stelle gefunden, an der wilder Fenchel wächst. Ich mache uns eine Tarte. Und Eric wollte auch schauen, ob Albert heute etwas gefangen hat. Vielleicht bekommt er Hummer oder Muscheln.«

Albert war der letzte Fischer, dessen Boot noch in Rosehavens kleinem Hafen lag. Und von dort aus fuhr er je nach Laune und trotz seines hohen Alters noch raus aufs Meer oder in die breite Flussmündung des Helford Rivers, um zu angeln oder Hummerfallen einzuholen. Was er mitbrachte, verkaufte er an die Einwohner Rosehavens und vor allem an Mrs Kelvin, die zusammen mit ihrem Mann den Dorfpub *The Golden Budgie* führte.

»Gerne.«

Trost geben. Gemeinsam mit Freunden zusammensitzen und essen. Mags wusste, wie wertvoll das war. Doch es gab eine kleine, aber äußerst hartnäckige Stimme in ihrem Kopf, der das nicht genug war. Sie trat aus dem schattigen Büro in das Sonnenlicht und seufzte frustriert. Sie hasste es wirklich, nichts tun zu können. Aber vielleicht stimmte das ja auch nicht ganz. Ein Gedanke, der sie seit ihrem Gespräch mit Mary nicht losgelassen hatte, nahm langsam Gestalt an. Mags zog entschlossen ihr Handy aus der Hosentasche. Sie wählte eine Nummer und wartete ungeduldig, bis jemand abnahm.

»Ich möchte dich um einen Gefallen bitten.«

5

Wie oft hatten sie eigentlich in den letzten Jahren hier in Miss Claras Garten unter den Zweigen des großen Walnussbaumes gesessen und miteinander gegessen?

Das Dorf Rosehaven lag an der Einmündung des Helford Rivers an der Küste Cornwalls. Und Miss Claras Cottage mit seinem Garten lag oberhalb des Dorfes mit einem phantastischen Ausblick auf Häuser, Straßen, den Hafen und das Meer. Kleine Häuser, die sich an den Hang schmiegten und deren Gärten sich oft auf unterschiedlichen Terrassen anordneten. Jetzt im Sommer wuchsen an jeder Mauer Stockrosen in leuchtenden Farben, und die Luft war erfüllt von dem Summen der Hummeln. Die Main Street machte auf halber Höhe zum Hafen einen Bogen, und in der Kurve hatte Mrs Millers Lebensmittelladen seinen Platz. In Mags Kindheit war der Laden die einzige Möglichkeit im Dorf gewesen, ihr Taschengeld in Zeitschriften und Süßigkeiten umzusetzen. Bog man von Mrs Millers Laden nach rechts ab, erreichte man die Kirche Rosehavens. Hinter der Kirche stand das Pfarrhaus, früher verlassen und mit seinem verwilderten Garten perfekt für die Kinder des Ortes. Den Garten hatte Mags geliebt und sich zusammen mit ihren Freunden auf einer der massiven Buchen ein Baumhaus gebaut, von dem aus sie jeden Eindringling hatten sehen können. Ein besonderer Platz ohne Erwachsene. Damals erschien ihr der Garten wie eine geheime Insel, wie Nimmerland, und eines ihrer

Lieblingsspiele war es, als Peter Pan mit seinen verlorenen Jungen durch die Büsche zu toben im Kampf gegen Kapitän Hook und seine Bande. Heute war das Pfarrhaus mit seinem verzauberten Garten wieder bewohnt, und zwar von Mags Freund und Geschäftspartner Gulliver.

Am Ende der Main Street erreichte man den Hafen. Er war nicht groß, die alten Fischerhäuser schmiegten sich vor dem Hafen eng aneinander, als würden sie sich, vom Alter etwas krumm und schief, gegenseitig stützen. Heute waren die meisten von ihnen bunt gestrichen, gehörten reichen Sommergästen oder wurden über die Gemeinde an gut zahlende Gäste vermietet. Zwischen den Häusern lag das *Golden Budgie*, Rosehavens Pub mit dem Ehepaar Kelvin, das den dunklen Gastraum mit seinen polierten Zapfhähnen und die glänzende Küche unter ihrem Kommando hatten. Der Pub war Rosehavens Mittelpunkt des gesellschaftlichen Lebens. Irgendwie hatten die Kelvins es geschafft, den Pub trotz der im Sommer so zahlreichen Touristen immer noch zu einem Ort für die Rosehavener selbst zu machen, mit hausgemachtem Essen, akzeptablen Preisen und ausreichend Klatsch über den Tresen hinweg. Vor dem Pub standen schwere Holzbänke mit den passenden Tischen, an denen tagsüber Touristen saßen und Mrs Kelvins Fish and Chips aßen oder eine der drei Pastetensorten: Fisch mit einer hellen Dillsoße, Fleisch mit dunkler Bratensoße oder Gemüse mit einer cremigen Pilzsoße. Dazu gab es süße Limonade, Cider oder Bier. Mr Kelvins Hausbier wurde nicht mehr im Hinterraum des Pubs von ihm selbst gebraut, wie noch vor zwanzig Jahren, sondern kam mittlerweile aus einer kleinen Brauerei in Falmouth. In einem großen Käfig hinter der Theke zankten sich zwei Wellensittiche, die die Kelvins vor zwei Jahren zu ihrer Silbernen Hochzeit geschenkt bekommen hatten. Der Name des Pubs, *The Golden Budgie*, Der Goldene Wellensittich, spielte auf die Bergbauvergangenheit Cornwalls an. Die Bergleute hatten die kleinen Vögel nicht ohne Grund gezüchtet. In den Schächten der Minen konnte aus dem Gestein Methan entweichen. Lagerte sich zu viel Methan an, reichte schon der kleinste Funke aus, um eine Explosion auszulösen. Die Bergleute trugen einen Käfig mit den kleinen Vögeln herum, um rechtzeitig gewarnt zu werden. Wurde die Methandichte zu hoch, fielen die Tiere um, und die Bergleute konnten die Schächte verlassen.

Die beiden Vögel hinter der Theke waren von den Pubbesuchern schlicht *Mr* und *Mrs* getauft worden. Für Mags war es ein Wunder, dass die Wellensittiche bei der Menge der Erdnüsse, die ihnen heimlich zugesteckt wurden, noch nicht rund wie Tennisbälle waren.

Folgte man der Hafenmauer, wurde die Straße immer schmaler, das Pflaster ging zunächst in Schotter über, dann in Sand und Gras. Der schmale Wanderweg führte entlang der westlichen Seite des Helford River bis hin nach Gweek. Wandte man sich am Hafen nach links, dann stieß man auf den Küstenwanderweg, der zwischen Klippen und Buchten einmal um die Südspitze Cornwalls herumführte. Von Miss Claras Garten aus konnte man im Sommer die Touristen sehen, die mit staunenden Augen die Schönheit Cornwalls betrachteten. Nicht selten gab es allerdings auch schmerzende Füße, denn der Wanderweg folgte zwar der Küstenlinie, führte aber dabei stetig auf und ab, und so waren teilweise mehr Höhenmeter zu bewältigen als in den Bergen. Aber immerhin wurden die müden Wanderer dann im *Golden Budgie* mit verdammt gutem Essen belohnt. Aber nicht nur Mrs Kelvin war eine hervorragende Köchin, auch Miss Clara war von den Küchengöttern geküsst. Und da Mags, bevor sie ihr eigenes Cottage bezogen hatte, in Miss Claras umgebautem Gartenschuppen gelebt hatte, war sie oft in den Genuss gekommen. Heute lebte Eric in dem Schuppen. Denn sowohl Clara als auch Eric sagten, sie seien alt und weise genug, sich nicht 24 Stunden am Tag auf die Pelle zu rücken. So glücklich wie die beiden normalerweise aussahen, schien das auch gut zu funktionieren. Doch heute war alles anders. Sam, Mags und Mary waren Miss Claras Einladung gerne gefolgt, und das Essen war wie immer perfekt gewesen, doch der Nachtisch stand noch unberührt vor ihnen. Gerade hatte Mary das Wort ergriffen und das Wenige erzählt, was es an Neuigkeiten über Tim gab. Eric, der mit besorgtem Gesichtsausdruck ein Glas Wein in der Hand hielt, hörte seiner ehemaligen Mitarbeiterin aufmerksam zu.

»Er ist immer noch in Untersuchungshaft, sie scheinen aufgrund seiner vielen Jahre im Ausland von einer erhöhten Fluchtgefahr auszugehen. Seine Anwältin hat mich heute Nachmittag angerufen und konnte mir auch nichts Neues erzählen. Tim will mit niemandem sprechen und sagt nur, dass er sich mit Edgar geprügelt hat und dieser dann zusammengebrochen sei. Mehr sagt er nicht.«

Sie sah Eric an.

»Und Phyllis Armstrong hat mitbekommen, dass ich die Kollegen in Newquay kontaktiert habe. Ich bin bis auf Weiteres beurlaubt.«

Eric stöhnte. Mags wusste, dass er Mary vor Jahren unter seine Fittiche genommen hatte. Mary hatte sich damals in ihrer ehemaligen Einheit alle Chancen auf einen Aufstieg verspielt, da sie sich in einer Ermittlung gegen die Methoden ihres Vorgesetzten ausgesprochen hatte. Zu Recht, aber mit der Folge, dass sie seitdem auf ein Abstellgleis geschoben worden war. Eric hatte von der Sache gehört, sich Marys Akte angesehen und dafür gesorgt, dass sie zu ihm versetzt wurde. Die beiden hatten fünf Jahre lang eng zusammengearbeitet, bevor Erics Entschluss, früher als geplant in Pension zu gehen, alles geändert hatte.

»Verdammte Phyllis. Ist es eine offizielle Beurlaubung oder …?«

»Nein. Sie hat mich vor die Wahl gestellt, die nächsten Wochen meinen Resturlaub zu nehmen und Überstunden abzubauen. Und sie hat gesagt, dass ich, und das ist ein wörtliches Zitat, meinen Arsch in dieser Zeit noch nicht mal in der Nähe des Reviers oder in St Mawgan sehen lassen soll. Die Alternative wäre ein offizielles Verfahren und eine anschließende Suspendierung. Was in meiner Akte stünde.«

Eric nickte.

»Phyllis hat recht, so ungern ich das sage. Du solltest dich zurückhalten. Wenn du in den nächsten Jahren auf meine alte Stelle kommen willst, kannst du keinerlei Aufsehen gebrauchen.«

»Ich weiß. Und glaubst du mir, wenn ich dir sage, dass es mir egal ist? Aber die Lage ist so verfahren. Sogar wenn ich Phyllis Anordnungen ignorieren und vor Ort Fragen stellen wollte – ich wüsste ja nicht einmal, warum. Tim will mich nicht sehen, und er hat gestanden. Wenn er der Anwältin erzählen würde, worum es bei dem Streit ging, könnte diese vor Gericht vielleicht auf mildernde Umstände plädieren und aus der Anklage wegen Mordes Totschlag oder gar Körperverletzung mit Todesfolge machen. Aber Tim redet nicht. Und es bleibt bei dem Umstand, dass er nüchtern war und sein Opfer nicht.«

Mags hatte Mary noch nie so müde und mutlos erlebt. Sie wollte gerade etwas sagen, als Sam das Wort ergriff.

»Mary? Bleib hier bei uns. Wenigstens für die nächsten Wochen. Wir können morgen früh einige Sachen für dich aus deiner Wohnung holen und du ziehst ins Gästezimmer. Du bist herzlich willkommen!«

Mags merkte in Momenten wie diesem immer wieder aufs Neue, wie sehr sie ihren Mann liebte. Sie wandte sich an Mary.

»Ja. Bleib bei uns! Wir brauchen eh jemanden für die nächsten Tage, der die Blumen gießt und sich um Agatha und Arthur kümmert.«

»Brauchen wir jemanden?«

Sam sah sie erstaunt an. Auch die anderen am Tisch hoben ihre Köpfe. Mags lächelte zuerst in die Runde, dann sah sie Sam an.

»Ja, brauchen wir.«

Sie lehnte sich zufrieden zurück.

»Wir werden nämlich morgen einem netten Ehepaar einen Besuch abstatten, das hier in Cornwall einen sehr schönen japanischen Garten angelegt hat und nun überlegt, ihn der Öffentlichkeit zugänglich zu machen. Wir wurden ihnen empfohlen als Berater in dieser Sache.«

»Werden wir? Wurden wir?«

Sam schien nicht genau zu wissen, was er von ihrer Ankündigung halten sollte. Auch Eric und Mary schauten verwirrt, nur Clara schüttelte den Kopf und murmelte leise.

»Margaret Mary Blake, was hast du ausgeheckt?«

Aber Mags beschloss, lieber erst ihren Mann auf ihre Seite zu ziehen.

»Ja. Du magst doch alles, was japanisch ist und es wird auch um Bonsai gehen und um Zen-Gärten und auch um die Geschichte Cornwalls, immerhin haben bei uns einige Botaniker ihre aus Japan mitgebrachten Pflanzen ...«

Sam unterbrach sie. Er hatte nicht lange gebraucht, um zu verstehen, worum es Mags in Wirklichkeit ging.

»Und *wo* genau ist dieser Garten?«

»Der Garten ist in der Nähe von Newquay. Ich habe schon von ihm gehört und wollte längst einmal dorthin. Und die Besitzer spielen schon seit einiger Zeit mit dem Gedanken, vielleicht Führungen anzubieten.«

Sam ließ sich nicht ablenken.

»Wo *genau* in der Nähe von Newquay?«

Mags seufzte.

»In St Mawgan.«

Jetzt setzte sich Mary auf.

»St Mawgan – das St Mawgan neben dem ehemaligen Stützpunkt der Royal Air Force? Das St Mawgan, in dem Tim verhaftet wurde?«

Mags nickte nur.

»Und wer ist der Besitzer des Gartens?«

Erics Stimme. Natürlich stellte er die Frage, von der sie gehofft hatte, dass sie niemand so schnell stellen würde.

Aber der ehemalige Inspector war nun mal nicht auf den Kopf gefallen.

»Der Garten gehört einem ehemaligen Kommandanten der Royal Air Force und seiner Frau.«

Mary schüttelte nur den Kopf und sah Mags an.

»General Porter, richtig?«

»Ja.«

»Du hast also ganz zufällig eine Einladung bekommen, dir einen Garten anzusehen, der nicht nur genau in dem Ort liegt, wo Tim verhaftet wurde, sondern auch noch seinem ehemaligen Vorgesetzten gehört, der auch an dem Abend im Pub gewesen ist? Zufällig?«

»Naja, vielleicht nicht ganz sooo zufällig.«

»Ah.«

»Wie hast du es denn so schnell geschafft, an eine Einladung zu kommen?«

»Ich bin halt berühmt.«

Sam zog die Augenbrauen zusammen.

»Du hast Gulliver vorgeschickt, richtig?«

»Nun ja, er ist halt noch ein bisschen berühmter als ich. Noch.«

Mags hatte Gulliver gebeten, seine vielen Kontakte zu nutzen. Und Gulliver, oder besser, sein alter Ego C.C. Gull war immer noch eine so bekannte Größe unter Gartenenthusiasten in ganz England, dass sein Name ihr die Einladung verschafft hatte. Sie war aber mächtig stolz darauf, dass sie die Idee gehabt hatte, so einen Fuß in das Dorf zu bekommen und vielleicht etwas mehr über den schrecklichen Abend im örtlichen Pub zu erfahren.

»Wo steckt Gulliver eigentlich?«

»In London. Er hat da etwas zu regeln.«

Etwas, bei dem Mags jetzt schon vor Nervosität Bauchschmerzen bekam, daher wechselte sie lieber das Thema.

»Wir fahren morgen früh los, und sind um 11 Uhr bei den Porters eingeladen zu einem Rundgang durch den Garten.«

»St Mawgan also? Morgen? Und du glaubst, das wird Phyllis Armstrong nicht auffallen?«

Eric war skeptisch. Wie immer.

»Sie ist ja nicht da. Und wir haben dort nun mal beruflich etwas zu tun.«

Alle sahen sie mit einem Ausdruck an, als hätte sie das letzte Stück Kuchen genommen. Mags schnaubte genervt.

»Irgendetwas muss ich doch tun. Und wenn Tim nicht sagen will, was an dem Abend vor dem Pub vorgefallen ist, dann reden vielleicht die anderen Gäste mit mir?«

Immer noch wurde sie schweigend angesehen. Langsam wurde sie wütend.

»Hört mal: Mary darf nicht mal in die Nähe des Dorfes. Eric muss ebenfalls die Füße still halten, außerdem, nun ja …«

»Was außerdem?«

Eric sah Mags unter zusammengezogenen Augenbrauen fragend an.

»Außerdem fällst du sofort auf. Du siehst halt immer noch aus wie ein Polizist. Und du stellst Fragen wie ein Polizist. Ich wette, wenn du einen zwielichtigen Pub betreten würdest, würde die Hälfte der Gäste nach einem einzigen Blick auf dich den Laden durch die Hintertür verlassen …«

Eric wollte etwas sagen, besann sich dann aber eines Besseren.

»Ich bin die Einzige, die sich im Dorf umsehen kann, ohne dass gleich alle wissen, dass ich wegen Tim da bin. Zuerst dachte ich ja, ich schicke Sam vor, getarnt als Historiker, der etwas über die Kirche schreiben will ...«

Sam räusperte sich und drückte ihre Hand.

»Ähm, Mags, Liebste. Ich *bin* Historiker. Ich muss mich also nicht als einer tarnen.«

»Ach wirklich? Dann ist ja gut, dass ich das auch den Porters erzählt habe. Du hast ein großes Interesse an der Geschichte des Dorfes und an der Geschichte ihres Gartens.«

Sam war der Zweifel an Mags Plan ins Gesicht geschrieben.

»Hat er denn eine Geschichte?«

»Zum Glück für uns schon. Die Porters haben vor Jahren ein Cottage am Fluss gekauft, und die daneben liegende, kleine stillgelegte Ölmühle gleich dazu. Die Mühle selbst war schon so zusammengebrochen, dass sie die Reste abgetragen und auf dem Gelände, das an ihr Haus anschließt, Schritt für Schritt einen Garten angelegt haben. Wie sie auf die Idee gekommen sind, speziell einen japanischen Garten mitten in Cornwall aufzubauen, weiß ich nicht. Aber das können wir sie ja fragen. Und dann nebenbei eben noch die ein oder andere Sache mehr.«

Sie ignorierte Eric, der sich ihr gegenüber räusperte und sprach schnell weiter.

»Wir werden für zwei Tage dort sein. Ich habe uns ein Zimmer im Ort besorgt. Dort gibt es ein B & B, das sich *Wildflower Inn* nennt.«

»Warum hast du nicht gleich ein Zimmer in dem Pub gebucht, vor dem …«

Sam brach mit einem Seitenblick auf Mary ab.

»Der Pub hat keine Gästezimmer. Aber uns hält ja nichts davon ab, dort am Abend ein Pint zu trinken, oder?«

»Und was willst du sonst im Dorf tun?«

»Augen und Ohren offenhalten. General Porter war an dem Abend mit im Pub, vielleicht kann ich rausfinden, worüber sich Tim und Edgar gestritten haben. Hoffen, dass die Dorfbewohner über den Vorfall sprechen. Edgar McCallum hat viele Jahre in St Mawgan gewohnt. Die Leute da kennen ihn. Ich will wissen, was passiert ist. Und vielleicht – vielleicht finden wir etwas heraus, das hilft. Irgendwie hilft …«

Die anderen sahen sie immer noch skeptisch an, aber dann ergriff zu Mags Verwunderung Miss Clara, die bisher geschwiegen hatte, das Wort.

»Ich finde Mags Idee hervorragend.«

»Was?«

Mags hatte sich schon darauf vorbereitet, einen weiteren Versuch, sie von ihrem Plan abzubringen, abzuwehren. Miss Claras Zustimmung brachte sie völlig aus dem Konzept.

»Was? Also ja, natürlich, aber …«

»Nun ja, du wirst dich eh einmischen. Wird sie doch, oder?«

Alle in der Runde nickten. Mags wusste nicht, ob sie lachen oder wütend sein sollte.

»Also fährst du mit Sam nach St Mawgan, Mary passt auf das Cottage auf, ich vertrete dich in der Firma und

Eric wird trotz aller Drohungen von Phyllis Armstrong nach Truro fahren und mit seinem ehemaligen Kollegen das eine oder andere Bier trinken.«

Inzwischen war der Mond aufgegangen und hatte sich langsam immer höher in den dämmerigen Himmel geschraubt. Die ersten Wolken tauchten auf und brachten kühlere Luft aus Richtung Meer mit sich, die nach Salzwasser und Ferne roch. Die Tiere des Tages kehrten in ihre Unterschlüpfe zurück und die Tiere der Nacht lösten sie ab. Mags hörte über sich ein leises Rascheln, vielleicht ein Siebenschläfer, der sich auf der Suche nach Essen im alten Walnussbaum bewegte. Auch flogen die ersten Fledermäuse schnell über ihren Köpfen hin und her. Weiter hinten an der Hecke hörte Mags ein lautes Schnauben, das typisch für ein eigentlich nicht so großes Tier war. Ein Igel, der mit seiner Schnauze auf dem langsam feuchter werdenden Boden nach Schnecken suchte. Die Mäuse liefen eher lautlos durch das Gras, oder nutzten die Gänge, mit denen sie ihre Schlafhöhlen wie in einem unterirdischen Schienennetz verbunden hatten. Mags atmete die frische Abendluft begierig ein und ließ ihren Blick zurück und über die Gesichter ihrer Freunde wandern.

Alle schwiegen. Und wie immer, wenn Miss Clara das letzte Wort hatte, war die Sache danach beschlossen.

6

»Mags?«

»Ja?«

Mags saß auf dem Fahrersitz ihres blauen Transporters, Mary neben sich. Sam, der tagsüber seine langen Beine über viele Stunden unbeweglich unter seinem Schreibtisch falten musste, hatte beschlossen, den Weg von Rosehaven zum Cottage zu Fuß zurückzulaufen. Er lief gerne, und Mags wusste, wie sehr er den Ausgleich brauchte. Normalerweise hätte sie ihn in dieser lauen Nacht begleitet, aber sie wollte Mary nicht alleine lassen – und außerdem gab es noch etwas zu tun.

»Mags? Ich weiß ja nicht, wo du mit deinen Gedanken bist. Aber das ist nicht der Weg zurück zum Cottage.«

»Ich weiß.«

Mags hatte an der Kreuzung den Blinker nicht nach links gesetzt, sondern war nach rechts abgebogen und folgte nun der schmalen Straße weiter ins Landesinnere. Der Himmel war von einem sanften Blau in ein ebenso sanftes Grau übergegangen und die ersten Sterne schickten ihr Licht durch die Nacht. Die Bäume und Hecken, die neben den schmalen Steinmauern zu sehen waren, verloren nach und nach jede Farbe und wurden zu den schwarzen Schatten, die sie bis zum Anbruch der Morgendämmerung bleiben sollten. Durch die offenen Fenster des Wagens strich kühle Luft. Neben dem Motorengeräusch ihres Transporters konnte Mags nur vereinzelt einige Vogelstimmen hören. Welche Vögel mochten das sein, die noch jenseits der Dämmerung sangen? Sie dachte an Sam, der gerade jetzt wahrscheinlich den schmalen Küstenwanderweg verlassen hatte, um zum Cottage zu gelangen. Dort würden ihn die Fledermäuse empfangen, die in den alten Weiden lebten und nach Einbruch der Dämmerung ihre Kreise über dem Garten flogen, auf der Suche nach Motten und anderen Insekten. Mags wusste noch aus ihrer Schulzeit, dass Fledermäuse im Vergleich zu ihrer Größe sehr alt werden konnten, sie konnte sich dunkel an die Seite mit den Bildern der Fledermäuse in ihrem Schulbuch erinnern. Wo das Buch wohl war? In einer der Kisten auf dem Dachboden des Cottages vielleicht? Die Kisten hatte Miss Clara jahrelang für Mags aufgehoben, aber bisher war nie die richtige Gelegenheit gekommen, um sie durchzusehen. Was wohl an Erinnerungen aus ihrer frühen Kindheit in ihnen war? Sie sollte wirklich …

Marys Stimme holte sie zurück in die Gegenwart.

»Wohin fahren wir dann?«

»Wir fahren zu Tims Flughafen.«

»Was?«

»Du brauchst doch Sachen, oder? Und ich wette, du hast bei Tim etwas von deinen Sachen liegen, oder?«

Mary schwieg kurz, dann lachte sie leise auf.

»Oh Mags. Darauf hätte ich selbst kommen sollen. Natürlich habe ich meine Sachen bei Tim. Und ich habe auch einen Schlüssel zu seinem Wohnwagen und zum Hangar.«

»Na, dann ist es doch dein gutes Recht, als Freundin des Besitzers mit eigenem Schlüssel dort zu sein und deine

Sachen zu holen. Und falls, aber nur falls wir dabei möglicherweise auf der Suche nach, sagen wir mal, deinem Ladekabel oder so, auch Tims Schreibtisch durchsuchen …«

Mags brach ab.

»Also nur, wenn du das willst. Ich meine, ich weiß nicht, ob … Also ich würde in Sams Sachen wühlen, wenn er in Gefahr wäre.«

»Ja.«

Mags konzentrierte sich wieder auf die Straße.

»Seit wann bist du so gerissen?«

»Mary, das ist nichts, was du nicht normalerweise doppelt so schnell und dreimal so effizient gedacht und umgesetzt hättest. Du bist gerade nun mal einfach sozusagen out of order. Durcheinander. Es ist wie bei den Ärzten.«

»Was?«

»Naja, Ärzte sollten keine Menschen behandeln, die ihnen nahestehen. Sie sehen nicht mehr klar. Du siehst gerade nicht mehr klar. Also muss ich ein bisschen so tun, als wäre ich du. Die taffe, effiziente und klar denkende Polizistin Mary Shifter. Und die würde nicht nach St Mawgan fahren, weil das genau das ist, was Phyllis Armstrong erwartet. Aber sie würde von ihrem Gewohnheitsrecht und ihrem Schlüssel Gebrauch machen, um die Sachen ihres schweigenden Freundes zu durchwühlen.«

»Ich bin mir nicht sicher, ob unser Plan ernsthaft unter so etwas wie Gewohnheitsrecht fallen würde. Aber ich denke, kein Kollege, nicht einmal Phyllis Armstrong, kann mir einen Strick aus dem Umstand drehen, dass ich saubere Unterhosen aus der Wohnung meines Partners hole.«

»Genau.«

Mags wurde etwas langsamer. In wenigen Metern sollte die Abbiegung zu Tims Flugplatz auftauchen. Das große Holzschild, das einen Piloten neben seiner Maschine im Stil eines Werbeplakates der zwanziger Jahre zeigte, tauchte am Straßenrand auf.

»Fahr vorsichtig. In diesem Frühjahr haben Tim und ich immer wieder eine Gruppe Muntjaks rund um die Landebahnen gesehen. Wir haben schon dem Jagdverband Bescheid gegeben, aber …«

Mags drosselte ihre Geschwindigkeit noch mehr.

»Muntjaks? Du meinst diese kleinen Rehe?«

»Chinesische Zwerghirsche, um genau zu sein. Tim hat sich schlau gemacht, als die ersten Minis bei ihm vor dem Wohnwagen zu sehen waren. Sie wurden vor über 100 Jahren ausgewildert, eine kleine Gruppe aus einem Park in Bedfordshire, und mittlerweile sollen es über 50000 Tiere sein. Sie sind ziemlich süß anzuschauen, aber der Landwirt, der die Wiesen neben den Landebahnen mäht, war nicht so begeistert. Er sagt, die fressen sein Wintergetreide und können Krankheiten auf Weidetiere übertragen. Aber vor allem sind sie dafür berüchtigt, vor Autos zu laufen.«

Mags wurde noch langsamer. Der Gedanke an einen Autounfall ließ sie schaudern.

»Muntjaks also.«

»Ja. Klein und zäh.«

Mags fuhr mit ihrem Wagen bis vor den Hangar. Hier war der Boden in einem großen Halbrund glatt und sorgfältig asphaltiert. In Richtung Südwesten war der Beginn der Landebahn zu sehen, die sich in der Dämmerung verlor. Mags stieg aus. Die Stille der Nacht umschloss sie. Anders als in Miss Claras Garten war das Rauschen der Wellen hier nicht mehr zu hören. Ein Windstoß ließ sie in ihrem dünnen T-Shirt frösteln. Hinter sich hörte sie Schritte.

»Ich habe diesen Ort vom ersten Moment an geliebt.«

Mags drehte sich zu Mary um, die neben ihr stehen geblieben war und sehnsüchtig in Richtung Landebahn blickte.

»Als ich das erste Mal hier war, konnte ich nur noch denken, wie frei man sich hier fühlt. Wie weit der Himmel ist.«

Mary sah Mags an.

»Ich weiß, Cornwall ist dein Zuhause, und ich weiß vieles hier zu schätzen. Aber manchmal, manchmal möchte ich keine kleinen Mauern, keine malerischen Dörfer, keine sommerlichen Blumenwiesen und lächelnden Gesichter mehr sehen. Manchmal möchte ich nicht mehr als den Himmel über mir haben. Hier oben bei Tim – hier gab es nie irgendeine Form von Enge. Keine Begrenzungen. Hier gab es nur uns. Mit ihm in das Flugzeug zu steigen und alles hinter uns zu lassen, alles kleiner werden zu lassen, abzuheben.«

Mags schwieg. Sie konnte die Anspannung ihrer Freundin deutlich spüren.

»Ich habe einfach zugelassen, dass Tim und ich zusammen waren. Wollte keine Fragen stellen. Wollte nicht, dass wir uns Grenzen setzten. Und jetzt frage ich mich, ob ich einen riesengroßen Fehler gemacht habe. Ich wollte nicht, dass irgendetwas unsere Freiheit beeinflusst. Und habe den Kopf in den Sand gesteckt.«

Mags wusste nicht, was sie sagen sollte. Also nahm sie Mary in den Arm und hielt sie fest.

Nach einigen Momenten löste Mary sich vorsichtig aus der Umarmung und wischte sich mit dem Ärmel über das Gesicht.

»Lass uns anfangen.«

Mags nickte und ging in Richtung des Hangars.

»Hat Tim eine Alarmanlage?«

»Nein. Er hat die Seitentür zum Büro gesichert, und das Hangartor macht beim Öffnen einen solchen Krach, dass sogar ein Toter aufwachen würde, aber …«

»Gut.«

Mags drehte sich um, wurde aber nicht langsamer. Was sich Bruchteile einer Sekunde später als Fehler herausstellte.

»Warte! Mags …«

Doch Marys Warnung kam zu spät. Plötzlich wurde das Dunkel der Nacht von einem grellen Licht erhellt und Mags schloss geblendet die Augen.

»Was zum Teufel?«

»Tim hat Bewegungsmelder installiert, die mit der Flutlichtanlage verbunden sind.«

Vor Mags Augen tanzten bunte Lichter und sie ging vorsichtig einige Schritte zurück.

»Wie kann man sie ausschalten?«

»Wir müssen sie nicht ausschalten. Wir müssen uns nur bücken.«

»Bücken?«

»Ja. Wenn die Bewegungsmelder zu dicht am Boden wären, würde jeder Hase oder auch jedes Muntjak das Licht auslösen. Tim hat sie in einer Höhe von einem Meter zwanzig angebracht und so eingestellt, dass sie erst bei größeren bewegten Objekten auslösen.«

»Warum?«

»Weil es hier Schwalben und Fledermäuse in Scharen gibt, die gerne über dem Asphalt nach Insekten jagen. Und der Waldrand und die Wiesen davor dienen einigen Greifvögeln als Ansitz.«

Endlich ging das Licht aus, und Mags atmete erleichtert auf. Sie blinzelte, um sich wieder an das Halbdunkel der Sommernacht zu gewöhnen. Kleine weiße Punkte tanzten vor ihren Augen.

»Komm, ich kenne die Stellen, an denen man vorsichtig sein muss.«

Mags ließ Mary nur allzu gerne den Vortritt.

»Gibt es noch mehr Überraschungen?«

»Nein.«

Mags atmete erleichtert auf.

»Soweit ich weiß, nicht.«

Es wäre ja auch zu schön gewesen.

7

Mags kannte Tims Hangar, aber war erstaunt, wie verändert er bei Nacht aussah. Tims Maschine, eine Cessna, stand an ihrem gewohnten Platz vor den geschlossenen Hangartoren. Aber in der Dunkelheit wirkten ihre Umrisse anders, lebendiger. Die Flügel schienen sich wie Schwingen über ihr aufzuspannen und die Fenster im Cockpit waren schwarze, unbewegliche Schatten.

»Ein schlafender Drache.«

Mags hielt den Atem an, als sie im Halbdunkel hinter Tims Flugzeug eine weitere Silhouette ausmachen konnte.

»Was …?«

Mary zeigte auf die dunklen Umrisse.

»Das ist ebenfalls eine Cessna, eine kleinere Maschine allerdings. Tim …«

Mary holte tief Luft.

»Tim hat sie für mich gekauft, als Geschenk. Es muss noch eine Menge Arbeit hineingesteckt werden, aber wenn sie erst einmal fertig ist, wird sie eine Schönheit.«

Mary flüsterte nun, die Atmosphäre im Hangar schien auch auf sie zu wirken.

»Hast du denn schon deinen Flugschein?«

»Fast. Ich habe die theoretische Prüfung bestanden, aber mir fehlen noch einige Praxisstunden. Tim, ich, wir …«

Mary brach ab und sie gingen schweigend tiefer in die

Halle hinein. Mags wusste, dass Tim sein kleines Büro an der linken Seite des Hangars in einem Container eingerichtet hatte. Die Tür war nicht abgeschlossen.

»Können wir Licht machen?«

Mary schnaubte.

»Ja, klar. Zum einen ist hier einfach niemand im Umkreis von einigen Meilen. Und zum anderen …«

Sie drehte sich mit dem Versuch eines Lächelns zu Mags um. Aber die Anspannung stand ihr ins Gesicht geschrieben.

»Wenn jemand da wäre, hätte er uns spätestens nach der Flutlichtaktion gerade gesehen.«

Sie drückte auf den Lichtschalter neben der Tür und eine Neonleuchte flammte flackernd an der Decke des Containers auf. Mags schloss erneut geblendet die Augen.

»Gemütlich.«

Als sie die Augen wieder öffnete, sah sie sich um. Im gesamten Büro gab es nicht ein Fleckchen, das nicht mit Papieren, Ersatzteilen, Zeitschriften, Kaffeebechern oder anderen Dingen besetzt war. Mary schnaubte.

»Was für ein Chaos! Er ist ja schon immer unordentlich gewesen, aber das hier ist wirklich auch für Tim eine Leistung.«

Sie schob mit einer Hand einen Stapel mit Papieren, der umzukippen drohte, zusammen.

»Tim hat hier so wenig Zeit wie möglich verbracht. Er hasst den Papierkram. Aber er wollte seine Abrechnungen auch niemand anderem anvertrauen, also musste er sich wohl oder übel an den Tagen, an denen es zu stürmisch zum Fliegen war, hier einschließen und sich mit den Zahlen auseinandersetzen. Bei Sturm ging man ihm lieber aus dem Weg, er war dann immer genauso mies drauf wie das Wetter.«

Mags bemerkte, dass Mary beim Reden von der Gegenwart in die Vergangenheit gerutscht war. Mary selbst schien es nicht aufgefallen zu sein, sie hatte sich schon hinter den Schreibtisch gesetzt und fing an, die Schubladen methodisch eine nach der anderen aufzuziehen. Mags seufzte leise und begann dann, die Papiere, die auf dem kleinen Beistelltisch, der neben einem alten Ledersofa stand, durchzusehen.

»Mary?«

»Ja?«

»Soll ich aufpassen? Also ich meine, soll ich versuchen, die Sachen wieder so hinzulegen, wie sie waren oder …?«

Wieder lachte Mary, aber es war ein bitteres, hilfloses Lachen.

»Nein. Ihm würde es eh nicht auffallen. Ich glaube, ich könnte hier drinnen alles durcheinanderwerfen, und er würde sich nur kurz wundern, wo sein Kaffeebecher geblieben ist. Aber ich werde ihm so oder so sagen, dass ich hier war. Und dass ich nach einer Erklärung gesucht habe. Ich glaube – nein, ich habe einfach ein Recht darauf, oder?«

Mags nickte nur und griff nach dem nächsten Umschlag. Tim schien den Tisch genutzt zu haben, um seine Post zu öffnen. Alles war wild übereinandergestapelt. Vor allem waren es Werbeprospekte, aber auch Briefe der Steuerbehörde und Umschläge mit Kontoauszügen. Mags zögerte.

»Schau sie dir an. Vielleicht findest du etwas Interessantes. Alles, was abweicht, auffällt, anders ist.«

Marys Stimme war nun klarer, sicherer. Vielleicht setzte sich nun doch die Polizistin in ihr durch.

Mags öffnete den Umschlag und sah die Auszüge durch. Sie reichten sechs Monate zurück.

»Was ist *Adventure*?«

»Ah, das ist die Agentur, über die man die Rundflüge bei Tim buchen kann. Die Summen müssten zwischen 100 und 400 Pfund liegen. Je nachdem, um welche Tour es geht.«

Mags nickte. Das kam hin. Neben den Eingängen von *Adventure* gab es eine monatliche Auszahlung der Royal Air Force. Die Abbuchungen waren vielfältiger, aber Mags fiel zwischen den höheren Summen für Treibstoff und den vielen kleineren Abbuchungen in Supermärkten oder Restaurants nichts Besonderes auf.

Sie schob den Umschlag zur Seite, griff nach dem nächsten Papier und wollte es ebenfalls weglegen, als sie stutzte und doch wieder nach den Auszügen griff. Sie blätterte sie durch und fand, was sie suchte.

»Ich glaube, Tim war vor drei Wochen schon einmal in der Nähe von St Mawgan.«

Mary sah auf.

»Was?«

»Hier.«

Mags reichte ihr den Auszug.

»Die letzte Abbuchungen. Er hat 43 Pfund bezahlt, in einem Pub in Newquay. Mittags um halb eins.«

Mags sah nachdenklich auf den Kontoauszug.

»43 Pfund sind zu viel, wenn man alleine isst.«

Dann wurde ihr klar, was sie gesagt hatte.

»Ich meine, er kann mit einem ehemaligen Kollegen oder …«

Mary schnaubte nur und vergrub sich weiter in den Unterlagen.

Mags hatte sich durch den Stapel auf dem Tisch gewühlt und sah sich um. Neben dem grün lackierten Metallschreibtisch, an dem Mary saß und der aussah, als hätte ihn Tim direkt aus dem Bestand der Army erstanden, gab es in dem Raum das Ledersofa, auf dem sie selbst saß, und zwei Besucherstühle aus Chrom, die einmal wohl mit weißem Leder bespannt worden waren, das aber mittlerweile eher die Farbe von dreckigem Schnee angenommen hatte. An der einen Wand stapelten sich durchsichtige Plastikboxen, in denen Tim anscheinend kleinere Ersatzteile und Werkzeuge aufbewahrte. An den Wänden hingen mehrere Luftaufnahmen der Region, ein Bild, das für Mags sehr stark nach einer Wüste in Australien aussah, und ein Kalender mit Abbildungen historischer Flugzeuge. Hinter Tims Schreibtisch hing ein großer Wandkalender mit Spalten und Zeilen für jeden Tag. Daneben einige gerahmte Zeugnisse und Zertifikate. Eines trug ein Emblem der Royal Air Force, einen Adler, in einem Kreis mit Krone.

»Per ardua ad astra.«

Mags hatte es laut gelesen, denn Mary schaute kurz auf.

»Durch Kämpfe oder besser vielleicht durch Strebsamkeit zu den Sternen – Tim hat es mir übersetzt.«

Mags stand auf und schaute sich die Urkunde genauer an. Es war Tims Pilotenzertifikat. Dann hielt sie inne.

Anders als alle anderen Bilderrahmen war dieser nicht mit einer feinen Schicht von Staub bedeckt. Sie nahm ihn vorsichtig von der Wand und drehte ihn um.

Auf der Rückseite steckte ein Foto.

8

»Es war ihm so wichtig, dass er es versteckt hat. Vor mir.«

Mary hielt das Foto in der Hand und schaute es stirnrunzelnd an. Aber Mags war sich nicht so sicher.

»Ich weiß nicht, ob er es wirklich vor dir versteckt hat. Dann hätte er es wohl besser einfach eingeschlossen oder in eine der Akten gesteckt.«

»Was meinst du?«

Mags sah sich das Foto an. Es schien ein neuerer Abzug einer alten Aufnahme zu sein, das Papier glänzte noch und war nicht, wie die meisten alten Fotos, vergilbt oder an den Rändern abgegriffen.

»Geh doch mal an die Sache, wie du es sonst bei einem Fall tun würdest.«

»Ja.«

Mary richtete sich auf und Mags sah, wie ein Funke der alten Energie in ihrer Freundin aufblitzte.

»Er hat es erst vor Kurzem bekommen oder machen lassen.«

»Und er hat das Bild an einen Ort gesteckt, an dem es vor fremden Blicken sicher war, aber den er gut erreichen konnte. Da hängen so viele Bilder, aber er hat seine Army-Urkunde ausgewählt.«

»Die Urkunde ist ihm heilig, aber ich glaube auch, dass sie mit schmerzvollen Erinnerungen verbunden ist. Er hat mir nie erzählt, warum er gegangen ist, aber ich weiß, dass er seinen Dienst bei der Army geliebt hat.«

Mags sah sich das Bild genauer an.

Es zeigte einen jüngeren, viel jüngeren Tim, der mit einer dunklen Hose und einem hellen Hemd bekleidet war. Das Hemd stand offen, so, wie Männer es am Ende eines langen Abends öffneten, wenn sie Jackett und Krawatte abgelegt hatten. Neben Tim stand eine junge Frau, die Haare waren nach hinten gebunden zu einem Pferdeschwanz, und sie trug ein enges Kleid, das schwarz, oder vielleicht dunkelgrün war. Genau ließ sich das aufgrund der schlechten Qualität des Abzugs nicht sagen. Mit Blick auf die kupferroten Haare der Frau tippte Mags auf Grün. Auf der anderen Seite der Frau stand ein großer Mann, breitschultrig, mit ebenfalls roten Haaren. Er trug im Gegensatz zu Tim noch eine Krawatte und eine Weste. Teile eines Abendanzuges. Alle drei hatten hohe Sektgläser in der Hand und schienen dem Betrachter zuzuprosten.

Mags zog die Luft ein.

»Der Mann auf dem Bild ist Edgar McCallum!«

Mags war sich sicher, sie erinnerte sich gut an den Beamten der Flugaufsichtsbehörde, der sie nach der Notlandung mit Tim befragt hatte. Auch Mary erinnerte sich.

»Ja. Ich hatte Tim gerade das erste Mal gesehen, da tauchte dieser McCallum auf und …«

Sie sah Mags an, und wieder hatte sich die Müdigkeit und die Hoffnungslosigkeit über ihren Blick gelegt.

»Und als er damals im Pub von Mr Kelvin auf Tim losgegangen ist, hat er Mörder gesagt.«

»Er hat was?«

Mags erinnerte sich an den Tag. Sie hatte aber weiter entfernt gesessen und nicht gehört, was zwischen den beiden Männern gesprochen worden war.

»Er hat ihn beschimpft, und ihn einen Mörder genannt. Nur einmal, aber ich habe gesehen, wie Tim blass geworden ist und dann …«

Mary brach wieder ab und sah Mags fragend an.

»Wer ist die Frau?«

»Ich habe sie noch nie gesehen, aber ich würde sagen, den Haaren und dem Gesicht nach zu schließen, Edgars Schwester? Oder Cousine oder so? Die Ähnlichkeit ist ja schon auffällig.«

»Ja.«

»Schau dir das Foto genauer an.«

Mags hatte noch etwas entdeckt. Tim und die Frau standen dicht nebeneinander, und sie hielt das Sektglas in ihrer rechten Hand so in die Kamera, dass ein Ring mit einem reflektierenden Stein zu sehen war. Sie überlegte, ob sie es Mary sagen sollte, aber egal, wie weh es tat, sie waren ja hier, um mehr zu erfahren.

»Ich wette, dass das ein Verlobungsfoto ist. Sie dir an, wie sie die Hand in die Kamera hält. Sie will, dass man den Ring sieht.«

Mary nickte.

»Sie stoßen an. Sie feiern etwas.«

»Und ich wette, es ist die Verlobung der jungen Frau, die irgendwie mit Edgar McCallum verwandt ist. Und dann ist Tim …«

»Ihr Verlobter?«

Mags war sich nicht sicher.

»Er könnte auch ein Freund sein, Trauzeuge oder was auch immer.«

»Nein. Er sieht sie an. Sie lehnt sich leicht in seine Richtung. Er ist glücklich. Es geht um die beiden hier.«

Mary schien sich ihrer Sache sicher zu sein.

»Warum hat Tim dir dann nie erzählt, dass er schon einmal verlobt war?«

Mags bereute die Frage, sobald sie sie ausgesprochen hatte.

»Vergiss es. Wenn Tim wieder zu Hause ist, dann wird er sich Einiges anhören müssen. Dieser Idiot.«

Dann sah sie wieder auf das Foto.

»Und du meinst, die Verlobung, die ja aus irgendeinem Grund nicht zur Hochzeit geführt hat, war der Anlass für den Streit? McCallum sieht nicht allzu wütend aus auf dem Foto.«

»Wir sollten das herausfinden. Wenn Tim es mir oder seiner Anwältin nicht erzählt, dann müssen wir es herausfinden. Mags, ich muss einfach wissen, was passiert ist!«

»Das werden wir. Du kannst dich um den Garten und die Gänse kümmern. Ich fahre mit Sam nach St Mawgan und suche nach Antworten.«

Mags überlegte kurz und steckte das Foto dann in ihre Hosentasche.

»Und jetzt lass uns schauen, dass wir hier wegkommen, bevor Sam sich Sorgen macht.«

Auf dem Rückweg zum Auto hielt sich Mags dicht hinter Mary, die sich an den richtigen Stellen duckte und sie in einem weiten Bogen um die Bewegungsmelder herum in Richtung Zufahrt führte.

»Du scheinst das des Öfteren gemacht zu haben, oder?«

Mary schnaubte leise.

»Oh ja. Meine Dienste fangen oft leider schon ziemlich früh an, oder ich habe Bereitschaft und muss in der Nacht raus. Daher habe ich mir angewöhnt, meinen Wagen an der Zufahrt zu parken. Und so habe ich nach und nach gelernt, so zu gehen, dass ich die Bewegungsmelder nicht auslöse.«

Neben ihnen raschelte etwas im Gras und Mags fragte sich, ob es eine Maus auf der Suche nach Nahrung war.

»Am Anfang hat es nicht immer gut geklappt, und Tim hat mich mit einigen sehr lustigen Kameraaufnahmen aufgezogen, auf denen ich wie ein erschrockenes Reh in das Licht starre.«

Sie seufzte und schwieg.

Mags nahm ihren Arm.

»Wir werden etwas finden.«

Dann gingen sie schweigend zum Transporter zurück und fuhren über die mittlerweile vom aufgehenden Mond beleuchteten Straßen zurück zum Cottage.

9

Die Fahrt von Rosehaven bis nach St Mawgan dauerte nicht mehr als eine Stunde, und Mags genoss sie trotz der Umstände in vollen Zügen. Sie saß neben Sam auf dem Beifahrersitz von Miss Claras rotem Kleinwagen, hatte die Fenster nach unten gelassen und ließ sich den Fahrtwind um die Ohren wehen. Aus dem MP3-Player des Autos klang die Stimme von Leonhard Cohen, der Miss Claras Lieblingssänger war, und sang von Liebe und Verlust. Sams schmale Hände lagen ruhig auf dem Lenkrad und er sang leise mit. Mags liebte es, wenn er das tat, denn er hatte eine schöne Stimme. Auch wenn er nicht das ganz große musikalische Talent seiner Mutter, die als Geigerin für das London Symphony Orchestra arbeitete, geerbt hatte.

Sie hatten Mags blauen Transporter daheim in Rosehaven gelassen. Zum einen, weil er so bei Bedarf von Mags Mitarbeitern genutzt werden konnte, zum anderen, weil darauf in großen Buchstaben *Evergreen Gardenservice Rosehaven* geschrieben war. Ihnen war es lieber, wenn niemand sie zu schnell mit Tim in Verbindung bringen würde.

Als sie sich dem kleinen Ort St Mawgan näherten, veränderte sich die Landschaft langsam. Die Wiesen wurden weiter und stiegen in sanften Wellen auf und ab, unterbrochen von schmalen Senken, die, eng und grün bewachsen, von kleinen Flüssen durchflossen wurden.

Die Flüsse in diesem Teil Cornwalls flossen nach Norden oder Nordwesten, um dort in breiten Buchten in das Meer zu münden.

»Die Abbiegung nach St Mawgan müsste gleich kommen. Wenn wir weiter geradeaus fahren würden, wären wir in wenigen Minuten in Newquay.«

Mags brummte nur leise zustimmend.

Sie war schon oft in diesem Teil von Cornwall gewesen. Um ihren Vater zu begleiten, der als Gärtner und Landschaftsarchitekt auf die Restaurierung historischer Gärten spezialisiert gewesen war und aus der ganzen Region Aufträge angenommen hatte. Und als Jugendliche dann oft mit ihrem Onkel Jim, der als Surfer mit seinem grünen VW-Bus immer auf der Suche nach der perfekten Welle die Strände abgefahren war. Jim war nicht ihr leiblicher Onkel, sondern der beste Freund ihres Vaters, und damals wie heute ein wichtiger Mensch in ihrem Leben. Zu seinem Bedauern hatte Mags sich immer standhaft geweigert, selbst das Surfen zu lernen. Sie war als Zwölfjährige auf einem Ausflug mit der Klasse ans Meer einmal in eine Strömung geraten und unbemerkt fast ertrunken. Ihr jugendliches Ich hatte einfach beschlossen, den Vorfall zu vergessen. Aber so etwas konnte man nicht vergessen – und wie eine Narbe war ihr die Angst vor dem offenen Meer geblieben.

Also hatte sie am Strand gesessen, Jim und den anderen Surfern zugesehen, wie sie sich in die Wellen stürzten und später deren Geschichten über ihre Reisen und Abenteuer gelauscht. Es waren einige herrliche Sommer gewesen, bis sie sich in ihren ersten Mann verliebte, sich mit ihrem Vater, Jim und Rosehaven überwarf und nach

Amerika ging. Das Ganze war eine gefühlte Ewigkeit her – und als Sam, der ihre Stimmung wie so oft zu spüren schien, ihr seine Hand auf den Arm legte, war es, als tauchte sie aus einem fernen Traum auf.

Sam setzte den Blinker und bog in eine schmale Landstraße ab. Der Weg führte gewunden zunächst über freie Felder, dann aber ein Stückchen bergab, um unter Bäumen und neben dichten Büschen dem Lauf eines Flusses zu folgen.

»Das ist der River Menalhyl.«

Mags wunderte sich nicht, dass Sam, wie es für ihn typisch war, wusste, wie der Fluss hieß.

»Er fließt von den Nine Maidens bis ins Meer bei Mawgan Porth. St Mawgan liegt an seinem Ufer.«

Die Straße machte eine weitere Biegung.

»Warst du schon mal bei den Nine Maidens? Kennst du die Geschichte?«

»Ja. Wir waren mit der Schule dort. Ich weiß noch, dass ich fast ein bisschen enttäuscht war, weil ich so große Steine wie in Stonehenge erwartet hatte.«

Sam lachte. Mags konnte sich gut erinnern, wie sie die in einer langen Reihe aufgestellten Steine besucht hatte. Einige der neun Steine waren so groß wie sie, einige kleiner und nur drei der Steine waren an die zwei Meter hoch.

»An dem Tag hat es wie aus Eimern gegossen, wir waren alle nass und mussten durch die matschigen Felder laufen. Unsere Lehrerin hat uns dann die Geschichte erzählt. Die Steine sollen neun Mädchen sein, die zur Strafe, weil sie sonntags getanzt hatten, verwandelt wurden. Und es gibt einen weiteren Stein, etwas weiter weg, den Fiddler. Er soll der versteinerte Geigenspieler sein, der für die Mädchen gespielt hatte. Ich glaube, wir hätten damals lieber etwas über Druiden und Blutopfer gehört als über tanzende Mädchen. Das muss in der sechsten oder siebten Klasse gewesen sein.«

Als sie die ersten Häuser sahen, die aus den typischen grauen Steinen errichtet waren, verstummte Mags. Der Fluss wurde nun von einer schmalen Mauer eingefasst, die immer niedriger wurde und schließlich auslief. An der ebenen Stelle führte die Straße direkt auf das Flussbett zu.

Sam bremste ab und ließ den Motor verstummen

»So etwas habe ich bisher nur in Büchern gesehen.«

Seine Stimme schwankte zwischen Erstaunen und Freude.

»Ich dachte, das gibt es gar nicht mehr.«

Mags beugte sich nach vorn und lächelte dann. Sam war und blieb doch ein Stadtkind.

»Die Furt?«

Die Straße vor ihnen senkte sich nach unten und wurde auf einer Länge von vielleicht fünf Metern vom Wasser überspült. Danach stieg sie wieder an und führte weiter, als sei nichts geschehen.

»Eine Furt. Natürlich.«

Sam war nun eindeutig begeistert.

»Das sieht aus, als wäre es schon seit Ewigkeiten so.«

Mags lachte.

»So wird es wahrscheinlich auch sein. Es macht ja auch Sinn. Ich wette, weiter unten Richtung Meer gibt es eine Staustufe, eine Mühle wahrscheinlich. Früher wurde das Wasser des Baches regelmäßig aufgestaut, eine Brücke hätte schon ziemlich hoch und stabil sein müssen, um dem standzuhalten. Also war es viel einfacher, den Bach an dieser Stelle so breit zu halten, dass das Wasser, wenn es nicht gerade gestaut wird, nur wenige Zentimeter tief ist, und die Straße einfach hindurchzuführen. Ich wette, hier sind schon vor Jahrhunderten Fuhrwerke und Kutschen hindurchgerollt.«

Sam nickte begeistert.

»Ja, genau. Aber warum in aller Welt steht nirgendwo geschrieben, dass es hier so eine Furt gibt? Wenn ich das gewusst hätte, ich meine …«

»Wahrscheinlich, weil es für alle Anwohner einfach normal ist, dass der Fluss an dieser Stelle so überquert wird. Und bei Hochwasser ist das dann eben nicht möglich. Warum also viele Worte darum machen.«

Sam schüttelte den Kopf und ließ dann den Motor wieder an. Vorsichtig, aber mit einem breiten Grinsen im Gesicht, fuhr er durch das Wasser. Sie erreichten nach wenigen Metern die Mitte des Dorfes.

»Hast du die Post gesehen?«

Mags lächelte über die Begeisterung ihres Mannes. Im Gegensatz zu Sam kam sie selbst nun mal aus Cornwall und war es gewöhnt, an allen Ecken und Enden auf postkartentaugliche Motive zu treffen. Nicht, dass sie die Schönheit ihrer Heimat nicht zu schätzen wusste.

Wobei sie sich im Fall des kleinen Ladens mit seinen altmodischen Schildern und den schwarz-weiß gestreiften Markisen recht sicher war, dass hinter der schönen Fassade ein geschäftstüchtiger Geist steckte, der mit seinem Rückgriff in die Vergangenheit sicherlich eine Menge Touristen anlocken konnte. Und da man auch in so schönen und historischen Orten wie St Mawgan von irgendetwas Leben musste, wusste sie eben auch eine solche Geschäftstüchtigkeit zu schätzen.

»Wir machen nachher ein Foto und zeigen es dann Mrs Miller.«

Mrs Miller führte den kleinen und einzig verbliebenen Laden in Rosehaven – und kämpfte immer wieder, trotz der treuen Dorfbewohner und der Touristen, um sein Überleben.

»Vielleicht können wir sie überzeugen, dass sie auch solche historisch aussehenden Schilder und Markisen braucht – Miss Clara weiß sicherlich einen Weg, wie wir das ohne große Kosten für Mrs Miller selbst hinbekommen. Und es wäre ein schönes Motiv für die Touristen.«

»Das ist eine gute Idee. Ich kann ja einmal im Archiv nach alten Fotos des Ladens suchen, Gwyneth hat mir erzählt, dass vor ihr schon ihr Vater und ihr Großvater den Laden geführt haben.«

»Gwyneth?«

»Ja, Mrs Miller hat auch einen Vornamen, weißt du?«

Mags sah Sam mit hochgezogen Augenbrauen an.

»Das ist mir klar, Herr Oberlehrer. Aber ich wusste nicht, dass du sie bei ihrem Vornamen nennst.«

Sam lachte.

»Natürlich tue ich das. Nur, weil du im Dorf immer noch alle so ansprichst, wie du es als Kind wohl getan hast …«

Er brachte seinen Satz nicht zu Ende, musste er auch nicht. Mags wusste, dass Sam recht hatte. Wahrscheinlich hing es damit zusammen, dass sie sich jedes Mal, wenn sie Mrs Millers Laden betrat, wieder wie ein Kind fühlte. Weil sie nun mal hunderte, wahrscheinlich tausende Male als Kind und später Jugendliche hineingegangen war, um Süßigkeiten oder ein Eis zu kaufen. Immer mit einem höflichen Willkommensgruß für Mrs Miller auf den Lippen.

Sie fuhren langsam weiter durch das Dorf, und die Straße wurde schmaler und schien sich in nicht mehr als einen Feldweg zu verwandeln. St Mawgan war ein Dorf, wie man es nur noch selten fand. Eines, in das man nur kam, wenn man auch hierher wollte. Keine Durchfahrtsstraße zerschnitt seine Mitte, kein Verkehr rauschte an ihm vorbei. Vielleicht steigerte das noch Mags Gefühl, ein wenig aus der Zeit gefallen zu sein.

»Sind wir hier wirklich richtig?«

Sam nickte nur und Mags beschloss, ihm zu glauben. Sie hatte eine ziemlich irrationale, aber dadurch nicht weniger starke Abneigung gegen Navigationsgeräte und computergenerierte Stimmen, die ihr sagten, wo sie abzubiegen oder zu wenden hatte. Im Umkreis von vielen Meilen um ihr Zuhause kannte sie die Wege und Abkürzungen sowieso besser als jedes Programm. Und wenn sie weiter fuhr, schaute sie sich vorher den Weg in dem großen Straßenatlas an, der, schon ziemlich zerfleddert, aber immer noch treu, im Handschuhfach ihres Transporters lag.

Da sie aber beschlossen hatten, den Transporter am Cottage zu lassen, fehlte ihr ihre Karte. Auch Miss Clara war kein Fan von Anweisungen, daher besaß auch der rote Kleinwagen kein Navi. Sam hatte sich den Weg also vor Abfahrt eingeprägt. Hoffte Mags zumindest.

»Wie schön!«

Mags ließ die Fensterscheibe des Autos weiter hinab und lehnte sich hinaus.

»Halt an!«

»Ist dir schlecht?«

»Quatsch. Ich will mich nur umsehen. Komm, steig aus.«

Sam dabei zu beobachten, wie er seinen schlaksigen Körper mit den langen Beinen aus dem Kleinwagen zu bekommen versuchte, war immer wieder erheiternd. Aber diesmal wartete Mags nicht auf ihn, sondern kletterte die schmale Böschung hinab.

Sie ging die wenigen Meter bis an das Ufer des Flusses und blieb stehen.

»Hörst du das?«

Sam war neben ihr angekommen und legte seine Arme um sie.

Mag wusste, was Sam meinte. Der Bach rauschte nicht, er murmelte, es klang wie ein Flüstern, das ab und an von einem leisen Glucksen unterbrochen wurde.

»Ich habe mir immer vorgestellt, dass Flüsse im Märchen so klingen.«

Und etwas Märchenhaftes hatte der Ort wirklich. Sie waren umgeben von alten Weiden und Erlen, zwischen denen niedrige Sträucher wuchsen. Einige junge Birken versuchten, sich ihren Teil von dem wenigen Licht zu erkämpfen, das durch die dichten Baumkronen fiel und reckten sich zum Himmel. Jeder Stein, jede Wurzel war mit Moos bedeckt. Zwischen den Steinen, die das Ufer des Flusses einfassten, wuchsen niedrige Blumen, unter denen Mags einige seltene Orchideen erkannte.

»Der Fluss mündet bei Mawgan Porth ins Meer.«

»Den Strand kenne ich. Da sind immer viele Surfer. Jim hat mich als Kind öfters dorthin mitgenommen. Verrückt, dass das Meer und die Bucht nur wenige Meilen entfernt sind – und wir hier in diesem Tal stehen und zumindest ich mich nicht wundern würde, wenn im nächsten Moment ein Bär oder ein Wolf durch das Gebüsch brechen würde.«

»Sowohl Bären als auch Wölfe sind in England seit mehreren hundert Jahren ausgerottet. Der letzte Wolf wurde wahrscheinlich im 17. Jahrhundert getötet. Der letzte Bär hat seine Tatzen vor über 500 Jahren auf englischen Boden gesetzt.«

Mags verdrehte die Augen.

»Danke, Herr Professor. Mir ging es mehr um das Bild als um Fakten. Bist du dir sicher, dass du Schriftsteller bist? Ich meine, was die Phantasie angeht, habe ich da meine Zweifel.«

Sam lächelte, aber dann wurden seine Augen ernst.

»Bären, aber vor allem Wölfe, wurden früher mit dem Bösen in Verbindung gebracht. Natürlich rissen sie die Tiere der Menschen und waren auch für Menschen selbst gefährlich. Aber jede Krankheit, die sich ausbreitete, jeder Schädling, der Ernten vernichtete, jede Wetterkatastrophe hat für mehr Schaden, für mehr Leid gesorgt. Aber gegen diese Dinge konnte man nicht ausziehen, konnte man nicht kämpfen. Einem Wolf oder Bären konnte man das Fell über die Ohren ziehen und es als Trophäe mit nach Hause bringen. Am Ende wurden die wenigen verbleibenden Wölfe gejagt. Das Ziel war es, sie auszurotten.«

Mags merkte, wie ihr ein kalter Schauer über den Rücken lief und sie griff nach Sams Hand.

»Wir sollten weiterfahren.«

Nachdem sie wieder in Miss Claras Wagen gestiegen waren, fuhren sie schweigend den schmalen Weg weiter. Nach einigen hundert Metern erreichten sie eine Abzweigung, an der ein Wegweiser stand.

»Porters Hill.«

»Warum haben wir eigentlich unser Cottage nicht nach uns benannt?«

Sam lachte.

»Weil wir uns nie einigen könnten, welcher unserer Namen als Erstes auf dem Schild stehen dürfte. Und weil es einen Namen hat, den wir ihm nicht so einfach wegnehmen können.«

»Das stimmt.«

Ihr Cottage wurde auch Meadow Cottage genannt, wobei sich Mags nicht sicher war, ob das so bleiben würde. Mit den Namen der Häuser war es so eine Sache. Denn die wurden traditionell nicht von den Besitzern bestimmt, sondern davon, wie die Dorfbewohner von dem Haus sprachen. Und sie war sich ziemlich sicher, dass sie vor einigen Wochen gehört hatte, wie jemand etwas über das Evergreen Cottage gesagt hatte. Aber die Zeit würde zeigen, ob sich ein neuer Name durchsetzte.

»Oh verdammt!«

Gerade als Sam abbiegen wollte, bog vor ihnen ein schwarzer Geländewagen mit dunklen Scheiben aus der Zufahrt und fuhr an ihnen vorbei.

Mags hatte sich so schnell wie möglich geduckt und fluchte leise vor sich hin.

»Fahr weiter geradeaus!«

Sie traute sich nicht, in den Rückspiegel zu schauen.

»Was?«

»Einfach geradeaus. Nicht abbiegen!«

Sam tat, wie geheißen.

»Was ist denn bloß los?«

»Die Frau da am Steuer? Das war Phyllis Armstrong. Ich hoffe, sie hat uns nicht erkannt.«

10

»Ich bin Suzanne Porter-Highgate. Und das ist mein Mann Frank.«

Das Ehepaar Porter hatte sie am Tor zum Grundstück empfangen und Sam gezeigt, wo er den Wagen parken konnte.

»Vielen Dank, dass sie sich die Zeit nehmen, uns zu empfangen.«

Mrs Porter war einen elegante Frau Mitte sechzig, die in eine schmale blaue Hose und eine dazu passende Strickjacke gekleidet war. Die mit grauen Strähnen durchzogenen Haare waren am Hinterkopf zu einem Dutt gebunden. General Porter war zwei Köpfe größer als seine Frau und trug ebenfalls eine blaue Hose, dazu aber ein schlichtes hellblaues Hemd. Auch ohne den obligatorischen Blick auf die Hände der beiden war Mags sofort klar, wer der Gärtner bzw. in diesem Fall die Gärtnerin in der Familie war. Frank Porter hatte helle, graublonde Haare und ein blasses Gesicht mit blauen, klaren Augen, die sie, wenn auch nicht feindselig, zumindest kritisch musterten. Mrs Porter hingegen war von der Sonne braun gebrannt, die Haut mit kleinen Falten überzogen. Und der schnelle Blick auf die Hände der beiden bestätigte es. Der General hatte glatte, gepflegte Hände, die Hände seiner Frau waren ebenfalls gepflegt, aber mit kleinen Schrammen und Kratzern überzogen. Gärtnerinnenhände, so, wie Mags eigene auch. Das Ehepaar schien etwas aufgeregt zu sein – was Mags aber nach einem Besuch von CI Phyllis Armstrong verstehen konnte. Die Polizistin war nun wahrlich nicht für ihre charmante und liebevolle Art bekannt.

Mags würde einiges dafür geben, wenn sie wüsste, was genau Phyllis Armstrong von den Porters gewollt hatte. Sie hoffte, sie würde die beiden dazu bringen, davon zu erzählen.

»Ich hoffe, Ihre Anfahrt war problemlos, und Sie haben uns gut gefunden?«

Während Sam dies versicherte und noch einige nicht zu umgehende Sätze über das Wetter und den Verkehr ausgetauscht wurden, sah Mags sich weiter um.

Sie standen in einer Einfahrt, deren Boden mit Kieselsteinen bedeckt war. Das Haus erhob sich links von ihnen und war ein für die Gegend typisches Cottage, ihrem eigenen nicht unähnlich, nur, dass die Porters darauf geachtet hatten, alles in klarem Schwarz und Weiß zu halten. Die sichtbaren Balken, die Türen und Fenster und auch das Schindeldach waren schwarz, die verputzten Mauern leuchteten in strahlendem Weiß. Es gab nur einen schmalen Streifen Grün vor dem Haus, der mit hohen, im Wind leicht schaukelnden Gräsern bepflanzt war. Mags kannte nicht alle Pflanzen und beschloss, später genauer nachzusehen. Zu ihrer Rechten lag der Eingang zum Garten, der durch zwei Streifen von sicherlich zwei Meter hohem Bambus und einem Torbogen aus schwarzem Holz eingefasst war. Auch wenn Mags eigentlich gerade dringend wissen wollte, was Phyllis Armstrong bei den Porters gewollt hatte, wurde sie doch von der Schlichtheit der Linien und Farben angezogen.

Das Tor war nicht mittig angeordnet, sondern stärker, als die Augen es erwarteten, nach rechts versetzt. Der Effekt gefiel Mags, denn er zwang sie, für einen kurzen Moment innezuhalten und ihre eigene Sehgewohnheit zu hinterfragen.

»Gefällt Ihnen das Tor?«

Mags nickte. Sie waren inzwischen die wenigen Meter zum Garteneingang gegangen und Mrs Porter blieb neben ihr stehen und wies mit der Hand auf die Balken.

»Wissen Sie, was das ist?«

Mags schaute genauer hin und sah, dass die Balken nicht etwa schwarz gestrichen, sondern vielmehr an ihrer Oberfläche schwarz gebrannt waren.

»Ich habe davon gehört. Eine alte Technik, oder?«

»Ja, genau. Es heißt Shou Sugi Ban und ist im Endeffekt nur eine sehr schlaue Art, Holz gegen die Einflüsse der Witterung zu schützen. Es wird bei Fassaden angewendet, aber kann auch anders genutzt werden. Die Handwerker haben einige Zeit experimentieren müssen, bis sie mit einem Gasbrenner zu dem erwünschten Ergebnis gekommen sind.«

Sie gingen durch den Torbogen weiter in den Garten. Sam war mit General Porter einige Schritte zurückgeblieben – und Mags konnte aus den Gesprächsfetzen, die zu ihr durchdrangen, schließen, dass Sam das Thema auf die Geschichte der Royal Air Force gebracht hatte. Sein Gegenüber taute sichtlich auf.

Mags ging neben Mrs Porter weiter in den Garten, und es war, als würde sie ein Märchenland betreten. Ihre Gastgeberin schien Mags Begeisterung zu bemerken und wies stolz auf die Besonderheiten des Gartens hin.

»Die Mühle wurde durch einen Brand zu einem großen Teil zerstört, sie war bis 1954 in Betrieb. Das Feuer damals hat kaum etwas von der historischen Bausubstanz zurückgelassen, daher durften wir die Reste der Mühle abtragen. Es tat uns in der Seele weh, aber eine Rekonstruktion stand außer Frage. Wir sind bei den Arbeiten immer wieder auf Fundstücke gestoßen. Allein sechs alte Mühlsteine haben wir zweckentfremdet auf dem Gelände gefunden. Sie bilden nun die Stufen im Teich neben der Brücke, das werden Sie gleich sehen, wenn wir in den hinteren Gartenbereich gehen. Die alten Mauersteine haben wir genutzt, um die rechteckigen Wasserbecken zu bauen, und wir haben mit ihnen die Wege begrenzt. Für die Stufen runter zum Fluss haben wir schweren Herzens die Eichenbalken des Hauptgebäudes zersägt. Durch das Feuer waren sie angegriffen, und uns gefällt, dass sie auf diesem Weg eine Verwendung finden konnten. Eine Art zweites Leben.«

Mags, die gerade die eleganten weißen Blüten eines ihr unbekannten Busches bewunderte, nickte. Sie wusste es zu schätzen, wenn Gärten genutzt wurden, um alten Dingen neues Leben einzuhauchen. Aber sie bemerkte auch, dass fast ausschließlich Mrs Porter sprach, ihr Mann stand mittlerweile wieder schweigend neben ihr und schien sich nicht recht wohlzufühlen unter Mags Blick.

»Wie kamen Sie auf die Idee zu einem japanischen Garten? Es liegt ja nicht gerade auf der Hand und ist eher ungewöhnlich für unsere Region. Haben Sie die Idee über ihre Arbeit mitgebracht, Mr Porter? Oder heißt es General Porter?«

Bevor der General antworten konnte, sprach Mrs Porter mit ihrer hohen Stimme schnell weiter. Sie schien Mags Aufmerksamkeit für sich allein haben zu wollen. Was Mags verstehen konnte, wenn der Garten wirklich, so, wie es aussah, ihr Projekt war. So viele Stunden Lebenszeit und Arbeit mussten in ihm stecken!

»Oh, mein Mann war Mitte der siebziger Jahre in Hokkaido, Japan stationiert. Er hat in einem Ausbildungsprogramm unterrichtet, und ich habe ihn damals begleitet. Wissen Sie, ich konnte kein Japanisch, keine der mitgereisten Frauen konnte es. Aber die Air Force hat sich bemüht, uns unsere Zeit dort angenehm zu machen. Es gab Ausflüge und Vorträge und so etwas. Ein wenig wie in einem Ferienlager, oder?«

Sie sah ihren Mann an, der nur nickte, aber immer noch nicht lächelte.

»Und einer dieser Ausflüge führte uns in einen Garten. Ich war an diesem Tag müde und angespannt, es war heiß, und das feuchte Klima setzte mir zu. Eigentlich wollte ich nicht mitfahren, aber alleine auf dem Stützpunkt bleiben wollte ich auch nicht. Schließlich habe ich mich doch aufgerafft.«

Mrs Porter lächelte, versunken in die Erinnerung an diesen Tag.

»Am Zielort angekommen, kletterten wir aus dem Bus und wurden durch eine Art Tor in einen Garten geführt. Und es war wie … Magie?«

Sie sah Mags an, vielleicht auf der Suche nach Verständnis?

»Es war ein so stiller und friedlicher Ort – meine Kopfschmerzen waren wie weggeblasen und ich hatte das erste Mal seit …«

Sie brach ab und setzte neu an.

»Es war ein guter Ort, und ich begann, zusammen mit einigen Freundinnen, gezielt Gärten und Tempelanlagen zu besuchen. Es wurde zuerst zu einer Art Hobby, und wenn man sich mit japanischen Gärten beschäftigt, dann kommen schnell immer mehr Aspekte der Kultur dazu. Es lässt sich nicht trennen. Ich habe Kurse in Ikebana gemacht, einige der besten Bonsai-Gärtnereien besucht, mich mit Tee und der traditionellen Teezeremonie beschäftigt, Vorträge über japanische Lyrik besucht. Nur bei Musik und Theater war ich dann raus, ich glaube, dazu habe ich einfach keinen Zugang gefunden. Japan, wo ich am Anfang eher notgedrungen lebte …«

Sie warf ihrem Mann einen schnellen und vielleicht entschuldigenden Blick zu.

»Japan wurde zu meiner Leidenschaft – und als wir dann einige Jahre später das Angebot bekamen, nach England zurückzukehren, fest in St Mawgan zu bleiben und das Haus hier zusammen mit dem alten Mühlengelände zu kaufen, da mussten wir nicht lange nachdenken, was wir mit dem Land machen würden.«

Mags nickte. Das Grundstück war ein Traum – aber sie hatte auch eine Idee davon, wie viel Phantasie und Durchsetzungskraft es Mrs Porter gekostet haben musste, andere von ihrer Vision für den Garten zu überzeugen. Ihre Sympathie für die elegante Frau mit den so leuchtenden Augen wuchs.

»Und schauen Sie, was nun daraus geworden ist.«

Mags schaute. Sie sah die Büsche und Bäume, die alle so aussahen, als würden sie unsichtbaren Regeln folgen, wie Tänzer, die mitten in der Bewegung erstarrt waren. Sie sah den Bambus, der sich im Wind bewegte und den Garten in ein unablässiges Rauschen hüllte. Sie sah das kühle Moos, die Mauern und die Steine, die den Boden bedeckten und alles in feine Strukturen und Farbschattierungen gliederten. Und sie sah den Fluss, der am Fuß des Hanges vorbeifloss, umgeben von den kleinen Resten Wildnis, die sie und Sam auf dem Hinweg bewundert hatten. Es war, als würden die einzelnen Bereiche des Gartens und die Landschaft dahinter ineinander übergehen. Auf einem der höheren Bäume am Flussufer sah Mags einen Fischreiher sitzen, der regungslos zu ihnen herüber zu blicken schien.

Mrs Porter hatte ihn auch gesehen.

»Ah, das ist der alte Graue. Er hat hier wohl schon gewohnt, bevor wir gekommen sind. Ich habe nachgelesen, dass Fischreiher über 25 Jahre alt werden können! Und in unseren ersten Jahren hat er sich einen dicken Bauch an den Fischen in den Teichen gefressen. Wir haben lange überlegt, was wir tun können, aber schlussendlich hat er gewonnen und wir haben auf die Fische verzichtet. Er war nun mal zuerst da, nicht wahr?«

Der Weg machte eine weitere Kurve und führte sie nun in den Schatten unter den hohen Kiefern.

»Oh.«

Mags blieb stehen und griff nach Sams Hand. Mrs Porter trat neben sie.

»Den Findling haben wir auf einer Wanderung gefunden, er war zur Hälfte im Boden versunken und der Rest war von Brombeeren überwuchert. Ich habe nur ein kleines Stück von ihm gesehen, und wusste, dass ich ihn haben muss.«

Mags schluckte. Der Stein vor ihr, der als Solitär umgeben von Moos unter einer Kiefer stand, war dunkel, fast schwarz und von einigen auffälligen roten Adern durchzogen.

»Das ist ein schwedischer Granit. Wirklich ungewöhnlich für diese Gegend. Wir vermuten, dass er schon einen längeren Weg hinter sich hatte, bevor wir ihn gefunden haben. Beweisen können wir es nicht, er trägt keine Spuren von Bearbeitung oder Transport. Aber er lag auf einem Hügel, auf dem sich zwei alte Wege kreuzten und daher …«

Sie sah Sam mit hoffnungsvollen Augen an.

»Was denken Sie, Dr. Hawthrone – könnte das sein?«

Während Sam und Mrs Porter weiter über den Stein und seine mögliche Geschichte sprachen, trat Mags einige Schritte zurück aus dem Schatten in die Sonne. Der Stein hatte sie trotz der Hitze frösteln lassen – und sie war froh, als sie wenige Meter entfernt Wasser plätschern und einige kleine Vögel, Spatzen, fröhlich pfeifen hörte.

»Wenn der Stein wirklich eine Geschichte hat, dann keine gute.«

General Porter hatte sie begleitet und lächelte sie nun zum ersten Mal freundlich an. Seine Stimme war tief und erinnerte sie an die Sprecher alter BBC-Hörspiele.

»Ich war dagegen, ihn in den Garten zu bringen, ich hatte das Gefühl, er sollte lieber an seinem alten Ort bleiben und dort langsam, aber sicher in den Boden sinken und verschwinden.«

Er setzte sich auf den Rand eines der Wasserbecken.

»Aber Suzanne war ganz vernarrt und ließ ihn hierherbringen.«

Er sah Mags mit einem Lächeln an, und sie wusste nicht, ob ihr das Lächeln gefiel. Irgendetwas an dem Mann bereitete ihr Unbehagen.

»Wo Licht ist, muss wohl auch Schatten sein.«

Mags nickte, unschlüssig, was sie darauf sonst hätte erwidern sollen. Der General machte sie nervös, sie konnte ihn schwer einschätzen. Neben seiner hektischen Frau wirkte er ruhig und gelassen. Aber wenn man ihn genauer ansah, wurden die dunklen Schatten unter seinen Augen sichtbar und Mags spürte, wie unter seiner Gelassenheit etwas anderes, vielleicht etwas Trauriges lag. Sie stand etwas zu schnell auf. Ihr war schwindelig.

»Ich gehe schon einmal weiter, ich bin gespannt, was mich noch erwartet.«

Sie drehte sich um, stieg die schmalen Stufen in Richtung Fluss hinab und merkte dann, wie ihr Blick kurz verschwamm und eine Welle von Übelkeit über sie hinwegspülte.

Sie stolperte und wurde im nächsten Moment von einer kräftigen Hand gestützt. Der General stand neben ihr.

»Geht es Ihnen gut?«

»Entschuldigung.«

Mags setzte sich vorsichtshalber auf die Mauer neben den Stufen und atmete tief durch. Der General hielt immer noch ihren Arm.

»Ich glaube, ich habe heute etwas wenig gegessen. Es geht gleich wieder besser.«

Sie hörte, wie Sam herangeeilt kam, neben sich Mrs Porter. Der General ließ sie los und trat einen Schritt zurück.

»Mags!«

»Alles gut. Nur ein wenig Schwindel. Keine Sorge.«

Doch Sam sah sie besorgt an. Mrs Porter blickte ihren Mann an.

»Frank, geh ins Haus und hol den Tee. Es ist alle vorbereitet. Und auf dem Küchentisch steht ein Teller mit Keksen. Der junge Mann hilft dir sicherlich gerne beim Tragen. Wir machen eine Pause.«

Mags sah, wie die Männer zögerten und nickte dann.

»Wie gesagt, es ist gut. Nur mein Kreislauf.«

»Na geht schon! Etwas Zucker wird ihr am besten helfen.«

Sam ging mit dem General davon, und Mags unterdrückte einen Fluch, als eine neue Welle von Schwindel und Übelkeit sie erfasste. Sie hielt die Augen geschlossen und versuchte, sich auf ihre Atmung zu konzentrieren.

»Hier, kauen Sie das hier. Das hilft.«

Mrs Porter hielt ihr zwei Blätter hin, die Mags mit skeptischem Blick nahm, bis sie erkannte, was es war.

»Ist das Pfefferminze?«

»Ja. Eine äußerst nützliche Pflanze. Sie hilft Ihnen gegen die Übelkeit.«

»Woher wissen Sie, das mir übel ist?«

Mags schaute noch einen Moment zweifelnd auf die Blätter, streckte sie aber dann in den Mund und kaute. Es half.

Mrs Porter lächelte.

»Ich weiß es, weil sie rund um Ihre Nase und unter Ihren Sommersprossen eine nette blassgrüne Farbe angenommen haben.«

Mags schnaubte, kaute aber weiter.

»Sie kennen sich mit Kräutern aus?«

»Ein wenig. Ich wollte früher immer Apothekerin werden, aber dann lernte ich Frank kennen und seine Arbeit bedeutete schon damals, dass wir alle paar Monate umziehen mussten. Aber ich habe viele Kurse und Seminare über Pflanzenheilkunde besucht und …«

Schritte auf dem Weg kündigten die beiden Männer an, die, mit Tablett und Tellern beladen, zu ihnen kamen.

Nach dem Tee und den Keksen ging es Mags wieder besser. Sie saßen zusammen an einem Tisch, der in einer überdachten Nische geschickt geschützt vor Wind und Regen stand, und blickten über den Garten und den Fluss. Mags lehnte sich zurück und sah Mrs Porter nachdenklich an.

»Sie sollten Kurse anbieten. Sie könnten anderen Gärtnern die Kunst hinter all dem hier vermitteln. Und ich wette, wenn Sie den Garten für Besucher öffnen würden, wäre das Interesse riesig.«

»Ja, oder?«

Mags sah, wie Mrs Porters Augen leuchteten. Die meisten Gartenmenschen, die Mags kannte, waren so stolz auf ihr Werk, dass sie es zeigen wollten. Aber der General schüttelte nur den Kopf.

»Fremde Leute, die durch unseren Garten laufen? Die vielleicht sogar ins Haus kommen? Nicht alle werden sich zu benehmen wissen. Das kann ich mir nicht vorstellen.«

Anscheinend war die Sache damit entschieden, denn Mrs Porters Enttäuschung lag greifbar in der Luft. Mags wollte nicht lockerlassen. Der Garten hatte es verdient, angeschaut zu werden. Und Mrs Porter hatte die Anerkennung für ihre Arbeit verdient.

»Vielleicht könnten Sie es ja einmal ausprobieren. Am Tag der offenen Gärten zum Beispiel. Ich weiß aus eigener Erfahrung, dass da eigentlich nur wirkliche Gartenenthusiasten unterwegs sind. Und Sie könnten die Zeiten und die Bedingungen selbst festlegen.«

Der General warf ihr einen schnellen und nicht gerade freundlichen Blick zu.

»Mir und meiner Frau ist die Ruhe, die wir hier in St Mawgan haben, mehr wert als etwas Aufmerksamkeit oder Ruhm. Wir brauchen diesen Rummel nicht.«

Mags sah, wie Mrs Porter sich aufrechter hinsetzte. Sie würde wetten, dass ihre Gastgeber da nicht einer Meinung waren. Aber der General hatte ihr endlich eine Möglichkeit gegeben, die Sprache auf den eigentlichen Grund ihres Besuches zu bringen.

»Ich bin heute morgen in unserer Tageszeitung schon einmal über den Namen St Mawgan gestolpert.«

Die Porters warfen sich einen vielsagenden Blick zu, aber Mags sprach weiter.

»Aber der Anlass war leider kein positiver. Es ging um eine Schlägerei in einem Pub? Fürchterliche Geschichte.«

Mags kam sich mehr als plump vor in ihrem Versuch, an Informationen zu kommen. In Büchern sah es doch immer so einfach aus. Die Hobbydetektivin verwickelte jemanden in ein Gespräch und bekam schwuppdiwupp sämtliche brenzligen Details erzählt. Aber um den Tisch war die Stimmung innerhalb von Sekunden spürbar um mehrere Grad abgekühlt. Die kalte Stimme des Generals machte ihr schnell klar, dass das hier nicht so einfach werden würde.

»Ja. Ein schrecklicher Vorfall. Widerlich, dass auch noch die Presse ihre Nase da reinstecken muss. Ich kann so etwas nicht gutheißen.«

Er sah Mags an, als wäre sie ein besonders scheußliches Insekt. Von der besorgten Freundlichkeit, die er noch vor wenigen Minuten im Garten ihr gegenüber an den Tag gelegt hatte, war nichts mehr zu spüren. Dann stand er auf.

»Ich habe noch zu arbeiten. Meine Frau wird sie hinausbegleiten.«

»Sie müssen meinen Mann entschuldigen.«

Mrs Porter war neben Mags an die Autotür getreten.

»Ich wollte nicht neugierig sein.«

Mags konnte den Zweifel in den Augen von Mrs Porter sehen.

»Oder wahrscheinlich wollte ich das doch. Der Artikel war so kurz und trotzdem hatte ich das Gefühl, dass mehr dahinterstecken muss. Zwei Männer, die sich aus heiterem Himmel so prügeln, dass einer von beiden stirbt. Im Artikel stand, sie wären beide ehemalige Piloten gewesen. Der eine hat wohl eine Flugschule oder so etwas, der andere soll hier am Flughafen gearbeitet habe. Daher dachte ich, Ihr Mann wüsste vielleicht mehr.«

Mrs Porter zögerte, nickte dann aber. Sie sprach allerdings nun so leise und schnell, dass Mags sich vorbeugen musste, um alles zu verstehen.

»Wissen Sie, mein Mann kannte die Männer wirklich, sie haben unter ihm gedient. Und das Opfer, Edgar, er …, er war, genau wie seine Schwester, so etwas wie ein Patenkind für Frank. Sein Tod hat ihn sehr getroffen.«

Mags merkte, wie sie zuerst blass und dann rot wurde.

»Oh mein Gott! Das … das wusste ich nicht! Und dann komme ich hier an und rede über den Mord, als sei er nur eine weitere Schlagzeile.«

Mags verfluchte ihre Neugierde und ärgerte sich, dass sie nicht gewarnt worden war, dass der General und Edgar McCallum so eine enge Verbindung hatten. Aber das erklärte wohl auch, warum Phyllis Armstrong ihr hier vorhin beinahe über den Weg gelaufen wäre. Natürlich war es auch die Gelegenheit, endlich mehr zu erfahren. Sie rang mit sich, ob sie noch eine weitere Frage stellen sollte, als Mrs Porter ihr die Entscheidung abnahm.

»Schon gut, Liebes. Es ist einfach alles so fürchterlich. Aber Frank weiß sicherlich, dass sie ihn nicht ausfragen wollten.«

Mags wurde wieder rot. Mrs Porter zupfte mit der für alle Gärtnerinnen typischen Beiläufigkeit einige vertrocknete Blätter aus der Hecke neben dem Parkplatz.

»Die Eltern von Edgar und seiner Schwester waren alte Freunde von Frank. Er wurde Patenonkel der Kinder und nahm sie sozusagen unter seine Fittiche. Ich glaube, Edgar ging meines Mannes wegen zur Air Force, er war sein Held. Und Frank bemühte sich sehr, Edgar zu fördern und hat ihm nach seinem Ausscheiden aus dem aktiven Dienst auch dabei geholfen, eine neue Arbeit zu finden und hier im Ort Fuß zu fassen.«

Mrs Porter seufzte.

»Edgars Tod hat Frank wirklich getroffen. Nach außen hin ist er ruhig, ich meine, das ist sein Job, oder? Niemand kann jemanden als Kommandeur gebrauchen, der sich durch seine Gefühle aus der Bahn werfen lässt. Und Frank hat das über Jahre so verinnerlicht – aber ich kenne ihn, und ich weiß, dass er leidet. Ihre Frage – sie hat ihn unvorbereitet getroffen. Er wird sich wieder beruhigen.«

Sie steckte die vertrockneten Blätter in die Tasche ihrer Jacke und richtete sich auf.

»Ich hoffe, der Garten hat Ihnen gefallen?«

Mags bemühte sich, das ausreichend zu versichern und nach einigen weiteren Floskeln bedankten und verabschiedeten sie sich. Dann saßen sie und Sam schließlich im Auto und fuhren schweigend den schmalen Weg zurück.

11

»Das ist wirklich …«

Mags fehlten die Worte, und sie sah Sam hilfesuchend an.

»Pittoresk?«

Sie lachte.

»Ich wollte eigentlich etwas anderes sagen, aber gut. Einigen wir uns auf pittoresk.«

Sie sah sich in dem großen Zimmer um, in das sie die stolze Vermieterin vor wenigen Minuten geführt hatte. Der Kontrast zu den geraden Linien und Formen im Garten der Porters hätte nicht größer sein können.

Auf dem großen Doppelbett lag eine gesteppte Tagesdecke, die über und über mit Rosen und Veilchen bestickt war. An den Wänden stritten sich lautstark die bunten Blumen auf der Tapete, ein wildes Muster aus Mohn und Kornblumen, mit den ebenfalls geblümten Vorhängen und einer Vielzahl gestickter Bilder von Blüten und Blättern. Von dem an sich sehr schönen hellen Holzfußboden war kaum etwas zu sehen. Er war mit, wie konnte es anders sein, geblümten Teppichen bedeckt. Sogar die Zimmerdecke war nicht blütenlos. Jemand hatte mit viel Enthusiasmus und etwas weniger Fingerfertigkeit ein Muster aus Ranken, Blättern und bunten Blüten aufgemalt.

Mags unterdrückte ein Stöhnen. Sie mochte Blumen, keine Frage, aber das …

»Es sieht aus, als wäre eine Bombe in einem Laura-Ashley-Laden explodiert.«

Sam hatte wirklich ein besonderes Talent, Dinge auf den Punkt zu bringen. Mags wollte gerade etwas erwidern, als sie ein leises Räuspern an der offenen Zimmertür vernahm. Die Vermieterin war zurückgekehrt.

»Wie gefällt Ihnen Ihr Zimmer?«

Bevor Mags antworten konnte, fiel Sam ihr ins Wort.

»Es ist zauberhaft, Mrs Sterling.«

Mrs Sterlings breites Gesicht verzog sich zu einem Lächeln. Die Pensionswirtin hatte Mags und Sam mit einem Redefluss empfangen, der sie von der Eingangstür durch das Haus bis hin zu dem geblümten Zimmer begleitet hatte.

Innerhalb weniger Minuten hatten sie erfahren, dass Mr Sterling sich lieber aus dem Geschäftlichen heraushielt, aber ein ausgezeichneter Hobby-Imker war und mit seinem Honig schon Preise gewonnen hatte, dass der Sohn der Wirtin einen Job auf einem Kreuzfahrtschiff hatte und nur alle paar Monate nach Hause kam, und wie sie daher beschlossen hatte, die vielen Zimmer in ihrem großen und leeren Haus in Gästezimmer umzuwandeln. Sie wussten, dass Mrs Sterling 63 Jahre alt war und bis auf ihren Bluthochdruck von bester Gesundheit. Sie hatten erfahren, dass die einzigen anderen Gäste, ein junges Paar »ganz reizend, reizend«, unterwegs zum Wandern war. Und sie hätten wahrscheinlich noch viel, viel mehr gehört, wenn sie nicht am Zimmer angekommen wären.

»Ja, oder? Ich und mein Mann dachten uns, von Blumen kann man nie genug haben. Sie mögen Blumen?«

»Oh ja, sehr.«

Sam legte all seinen Charme in sein Lächeln.

»Wir sind gerade auf einer Art Gartenreise, wissen Sie? Gerade eben waren wir bei dem Ehepaar Porter und haben uns deren Garten angesehen.«

»Ja, *der* hat ihnen gefallen?«

Mrs Sterlings Mundwinkel wanderten missbilligend nach unten.

Diesmal war Mags schneller.

»Naja, wir fanden ihn schön, wenn man denn auf diese Art von Gärten steht. Aber mir persönlich, aber verraten sie es den Porters nicht, ist ein klassischer englischer Garten mit einem Haufen Blumen und Blüten lieber.«

Die Mundwinkel wanderten wieder nach oben und das Lächeln kehrte zurück auf Mrs Sterlings Gesicht.

»Ja, nicht wahr. Dazu sollte ein guter englischer Garten doch wirklich da sein. Blüten, und Blumen, die duften und blühen und ...«

Mags rettete die Pensionswirtin davor, noch mehr Beschreibungen eines guten Gartens finden zu müssen.

»Aber dann haben wir gehört, dass der General gerade sein Patenkind verloren hat. Ich wusste gar nicht, wie ich dem armen Mann mein Mitleid aussprechen sollte.«

Sofort setzte Mrs Sterling eine angemessen betroffene Miene auf.

»Oh ja, Edgar. Edgar McCallum. Was für eine fürchterliche Tragödie. Ich hatte fast vergessen, dass er ja auch das Patenkind von General Porter gewesen war. Eine einzige Tragödie.«

Sie schob eine der Vasen einige Zentimeter zur Seite.

»Eine Tragödie?«

Mags beobachtete hoffnungsvoll, wie sich die Pensionswirtin dann einem der Bilderrahmen an der Wand widmete und ihn vermeintlich gerade schob. Sie schien gewillt zu sein, ihr Wissen zu teilen.

»Ja, eine Tragödie. So viel Leid.«

Mags sah Sam auffordernd an. Anscheinend brauchte Mrs Sterling noch einen kleinen Schubs in die richtige Richtung.

»General Porter hat seinem Patenkind wohl nahegestanden?«

»Kind? Edgar war kein Kind mehr. Ich denke, er ist im letzten Sommer vierzig geworden. Aber Diana, seine Schwester, die war damals noch ein halbes Kind. Eine Tragödie.«

Doch bevor Mags oder Sam nachfragen konnten, was genau denn so tragisch gewesen war, hörten sie von weiter hinten im Haus das Pfeifen eines Wasserkessels, und Mrs Sterling schien sich zu erinnern, dass sie mitten im Zimmer ihrer Gäste stand.

»Frühstück gibt es zwischen acht und zehn Uhr. Ich kann Ihnen ein volles englisches Frühstück anbieten, wir haben frische Eier von unseren Hühnern und im Dorf gibt es einen Schlachter, der wirklich hervorragende Würste macht.«

Während Sam begeistert nickte, merkte Mags, wie ihr erneut übel wurde, und sie schüttelte den Kopf.

»Für mich einfach nur Toast und Marmelade, Mrs Sterling.«

Das schien Mrs Sterling nicht glücklich zu machen.

»Wie Sie wollen.«

Der Teekessel pfiff weiter, und sie drehte sich zur Tür.

»Mr Sterling und ich nehmen unseren Tee immer um 17 Uhr. Immer.«

Mags wollte nicht aufgeben und machte einen letzten Versuch.

»Ich kannte einmal einen Edgar, wir haben einige gemeinsame Freunde. Rote Haare, ein großer Kerl. Aber das kann wohl nicht der gleiche Mann gewesen sein, oder?«

Das ließ Mrs Sterling kurz innehalten.

»Also, der Edgar hatte schon rote Haare, und stattlich war er auch. Aber ob das nun Ihr Freund gewesen ist?«

Der Kessel pfiff fröhlich weiter und Mrs Sterling war schon halb zur Tür hinaus, als Mags ihr eine weitere Frage hinterherrief.

»Wissen Sie, ob jemand hier im Dorf Edgar besser kannte? Ich würde nun doch gerne wissen, ob es der gleiche Mann ist. Ich meine, es wäre ja schon eine Art von Schicksal, wenn wir ausgerechnet so kurz nach seinem Tod hier …«

»Mmh, das müssen Sie die Porters fragen. Die Royal Air Force-Leute bleiben meistens unter sich.«

Sie hatte die Hand an der Türklinke.

»Wobei – Magnus Grant, der den Pub im Ort führt, ich glaube, der kannte Edgar schon ganz gut. Die beiden haben immer zusammengehockt. Vielleicht kann er Ihnen weiterhelfen? Er steht sicherlich hinter dem Tresen. Sie können ihn nicht übersehen. So oder so.«

Und mit dieser kryptischen Bemerkung warf Mrs Sterling noch einmal einen stolzen Blick auf ihr Blumenzimmer und zog dann die Tür hinter sich zu, um sich um den Kessel zu kümmern.

»Sie hat uns keinen Tee angeboten.«
Sam lachte.
»Du hast also doch Hunger?«
Mags überlegte kurz.
»Ja. Und wie. Aber nicht auf Würstchen und Ei.«
»Na, dann auf in den Pub.«

12

Das *Riverside Inn* schmiegte sich unweit der Furt an die schmale Hauptstraße des Dorfes und trug seine Fassade aus Feldstein, hellblau gestrichenem Putz und schwarz lackierten Fensterrahmen wie ein Festkleid vor sich her. Das Schild über der Tür war sorgfältig geschnitzt und an dicken Eisenketten aufgehängt. Ein kleineres Schild neben der Tür verwies auf einen Sommergarten und auf täglich warme Küche von 12 bis 22 Uhr.

Mags merkte, wie ihr Magen knurrte und sie hoffte, dass es mehr geben würde als das übliche Pub Food. Sie war durch Mrs Kelvins Küche zu Hause im *Golden Budgie* verwöhnt und merkte, wie ihr bei dem Gedanken an Pasteten mit dunkler Soße das Wasser im Mund zusammenlief.

Beim Eintreten wurden sie von einem Geruch nach Bier, Butter und Zimt begrüßt, was kein schlechter Beginn war. Mags Übelkeit schien verschwunden und hatte einem ziemlichen Hungergefühl Platz gemacht. Nach dem geblümten Liebreiz des Zimmers war Mags froh, dass sich der Schankraum, wie es sich gehörte, durch dunkles Holz, blankpoliertes Messing und schummriges Licht auszeichnete.

Hinter der Theke stand ein Mann, der sicherlich mehr als einen Kopf kleiner als Mags war, aber augenscheinlich nur aus Muskeln zu bestehen schien. Während er gemächlich, und scheinbar ohne hinzuschauen, einige Gläser mit Bier aus einem der polierten Zapfhähne füllte, widmete er seine Aufmerksamkeit dem auf stumm geschalteten Fernseher, auf dem eine Partie Snooker gezeigt wurde. Als er sich zum Eingang drehte, um den Neuankömmlingen freundlich zuzulächeln, sah Mags, dass sein Gesicht von einem langen Vollbart bedeckt war.

Er nickte ihnen zu.

»Willkommen.«

Mags fiel der Name des Mannes wieder ein, den die Wirtin genannt hatte, und sie musste sich anstrengen, um nicht zu kichern. Magnus Grant.

Sam schien das nicht zu bemerken, denn er grüßte zurück und ging auf den Tresen zu.

»Danke. Wir würden gerne etwas essen.«

Der Wirt stellte das letzte Bierglas ab und wischte sich dann die Hände an seiner Schürze ab.

»Damit kann ich dienen. Wollen Sie hier drinnen sitzen oder lieber draußen im Garten? Noch ist die Sonne da.«

Sam sah Mags fragend an, die immer noch versuchte, ihre Gesichtszüge unter Kontrolle zu bekommen.

»Draußen. Sind Sie Magnus Grant?«

»Ja. Das bin ich.«

Er sah Mags in die Augen und seufzte, setzte dann aber ein schiefes, äußerst charmantes Lächeln auf.

»Und ich weiß, der Name passt nicht wirklich zu mir, nicht wahr? Keine Ahnung, was meine Eltern sich dabei gedacht haben. Keiner in meiner Familie ist ein Riese, mein Dad hat gerade eben so die Einssechzig erreicht. Und es ist schon schlimm genug mit dem Nachnamen allein. Aber dann auch noch Magnus … Mein Vater behauptet, der Name wäre zu mir gekommen. Ich behaupte, er hat ein Bier zu viel gehabt, als er ihn hat eintragen lassen ...«

Man hörte seiner Stimme an, dass er diese Erklärung schon mehr als einmal abgegeben hatte.

»Womit kann ich helfen, also außer mit etwas zu essen?«

»Man hat uns erzählt, dass Sie Edgar McCallum kannten?«

Das Gesicht des Wirtes verdüsterte sich, und er schüttelte den Kopf.

»Ich spreche nicht mit der Presse.«

Er musterte Mags und Sam nachdenklich.

»Und wenn ihr von der Polizei seid – ich habe euren Kollegen schon alles gesagt.«

»Oh nein. Nein. Das sind wir nicht. Also Presse. Oder Polizei. Wir sind ...«

»Freunde von Tim. Von Tim Robinson. Wir – wir wollen verstehen, was passiert ist.«

Mags hatte Sam unterbrochen. Sie hatte das starke Gefühl, dass ihnen im Fall von Magnus Grant die Wahrheit weiterhelfen würde.

»Von Tim?«

Das Gesicht des Mannes zeigte keine Regung, aber Mags sah, wie seine Hände, die wieder stetig damit beschäftigt waren, Bier zu zapfen und Gläser zu verschieben, innehielten.

»Ja. Ich bin Mags Blake, das ist mein Mann Sam Hawthrone. Wir leben in Rosehaven, das ist der Ort, neben dem Tim sein Flugunternehmen aufgebaut hat. Wir sind Freunde. Und ich, ich bin mit Tims Freundin Mary befreundet.«

Nun drehte er sich ganz zu ihnen um und wischte sich die Hände an seiner Schürze ab.

»Tim hat von euch erzählt, bevor …«

Mags atmete erleichtert auf.

»Dann wissen Sie, wer wir sind. Tim spricht gerade mit niemandem. Nicht einmal mit seiner Freundin. Wir wollen, wir hoffen einfach, dass wir besser verstehen können, was an dem Abend passiert ist. Können Sie uns helfen?«

Der Wirt zögerte kurz, nickte dann aber.

»Wenn ihr etwas wartet, dann kann ich hier eine Pause machen. In einer Dreiviertelstunde kommt meine Verstärkung, und noch ist es nicht allzu voll.«

»Ja, gerne.«

Mags drückte Sams Hand. Endlich würden sie weiterkommen.

»Wollt ihr in der Zwischenzeit etwas essen? Heute gibt es gebackene Forelle, frisch aus dem Menalhyl. Mit Gemüse. Und zum Nachtisch hat meine Mutter ihren Kirschkuchen gezaubert.«

»Oh ja.«

Magnus Grant hatte sie zu einem Tisch am Rande des Sommergartens geführt, der sich über vielleicht zwanzig Meter zwischen dem Pub und dem Fluss erstreckte. Er bestand aus einer dichten gepflegten Rasenfläche, die von kleinen Inseln aus Kies unterbrochen war, auf denen runde Tische unter großen Sonnenschirmen für die Gäste bereitstanden. Am Ende des Gartens war eine alte, vielleicht zwei Meter hohe Steinmauer zu sehen, vor der bunte Blumen in allen Farben blühten, nur unterbrochen von einer Art Baldachin aus Holz, der mit wildem Wein bewachsen war.

»Wir haben hier oft Hochzeiten, und dort wird das Brautpaar dann getraut.«

Der Wirt hatte ihnen ihre Getränke gebracht und war dann wieder im Schankraum verschwunden. Zehn Minuten später kam eine sehr kleine und runde Frau auf sie zu, in den Armen ein Tablett, auf dem sich zwei Teller mit den Forellen, eine Schüssel mit kleinen Kartoffeln und eine weitere Schüssel mit Gemüse um den Platz stritten. Ein kleiner brauner Krug enthielt geschmolzene Butter. Die Ähnlichkeit der Frau mit ihrem Sohn war nicht zu übersehen.

»Guten Appetit!«

Das Essen war gut, wenn auch nicht so gut wie das von Mrs Kelvin, wie Mags mit einer Spur von Lokalpatriotismus feststellte. Sie waren gerade fertig geworden, als Sam aufsah.

»Da kommt Magnus, aber er ist nicht alleine.«

Mags drehte sich um und sah den Wirt zusammen mit zwei weiteren Männern auf sich zukommen. Der eine von ihnen war groß und schlank und hatte das dunkle Haar streng aus dem Gesicht gekämmt. Der andere war ebenfalls groß, etwas rund um die Mitte und trug einen dunklen Anzug mit Hemd, das am Kragen aufgeknöpft war und die Ränder eines oder mehrerer Tattoos zeigte. Er hatte blondes, sehr kurz geschnittenes Haar.

»Ich habe euch noch zwei Menschen mitgebracht, die auch etwas über den Abend erzählen können. Das ist

Clarance Patel, Entschuldigung, Dr. Clarance Patel. Und das ist Stanley Connor. Sie leben hier im Dorf. Die beiden waren auch beim Ehemaligentreffen hier.«

Er zögerte kurz und sah die Männer an, dann sprach er mit leiser Stimme weiter.

»Und wir alle waren mit Tim und Edgar befreundet. Früher.«

Die Männer setzten sich zu Sam und Mags an den Tisch, alle drei hatten ihre Gläser mitgebracht.

Mags wusste nicht so genau, wie sie anfangen sollte. Aber Sam übernahm dann als erster das Wort.

»Sie waren also beide auch in Tims Einheit? Wie kommt es, dass Sie alle noch hier in St Mawgan sind? Oder arbeiten Sie noch für die Royal Air Force?«

Der Mann mit den dunklen Haaren, Dr. Patel, antwortete Sam. Seine Stimme war klar und hell. Er schien es gewohnt zu sein, vor anderen zu sprechen.

»Ach, das ist gar nicht so ungewöhnlich, wie es auf den ersten Blick vielleicht erscheint. Als die Royal Air Force einen Teil des Flughafens verkauft und für den kommerziellen Luftverkehr freigegeben hat, suchte der Investor händeringend nach Personal. Und was lag näher, als sich unter den Leuten umzusehen, die schon vorher auf dem Stützpunkt gearbeitet hatten? Der Flughafen beschäftigt an die 100 Mitarbeiter, das angeschlossene Innovationszentrum noch einmal 30. Und von den insgesamt 130 Arbeitsplätzen sind mehr als die Hälfte mit ehemaligen Royal-Air-Force-Mitarbeitern besetzt. Viele von uns mussten also nicht wegziehen und konnten in St Mawgan bleiben.«

»Und Sie sind beide Piloten wie Tim?«

Mags konnte sich das bei den beiden Männern einfach nicht vorstellen. Tim entsprach mit Jeans, Fliegerjacke, Sonnenbrille und seinem verwegenen Grinsen einfach genau dem Bild eines Piloten. Patel und Connor hatten nichts von dieser Ausstrahlung. Wieder antwortete Dr. Patel als erster.

»Nein. Ich war zwar auch Pilot, aber vor allem bin ich Arzt.«

Er warf Magnus Grant einen Blick zu, den der mit einem Grinsen erwiderte.

»Auch, wenn einige das immer noch nicht glauben wollen.«

Er wandte sich wieder an Mags und Sam.

»Ich habe nach meinem Dienst Medizin studiert und mich dann auf Flugmedizin spezialisiert. Unter anderem bin ich dafür zuständig, die Piloten regelmäßig auf ihre Flugtauglichkeit zu untersuchen, bin aber auch am Flughafen erste Anlaufstelle.«

Mags sah den blonden Mann an.

»Und Sie?«

»Oh – ich war auch Pilot, das waren wir alle, aber ich arbeite mittlerweile beim Sicherheitsdienst des Flughafens.«

Seine Stimme war dunkel und rau, und Mags war sich sicher, dass er kein Mann vieler Worte war.

»So bescheiden, Connor?«

Magnus Grant hatte sich wieder eingemischt.

»Du arbeitest nicht nur beim Sicherheitsdienst, du bist der Chef des Ganzen. Alle springen, wenn du klatschst.«

»Und dafür habe ich hart gearbeitet, Magnus.«

Es war etwas in der Art und Weise, wie Stanley Connor den Namen des Wirtes aussprach, das ihn fast wie eine Beleidigung klingen ließ. Die beiden waren keine Freunde, da war Mags sich jetzt sicher.

»Sie kannten also alle Tim und Edgar?«

Dr. Patel nickte.

»Ja. Wir haben unsere Ausbildung hier zusammen begonnen, also Stanley, Tim und ich. Edgar ist ja einige Jahre älter und war schon im dritten Jahr. Aber er und Tim haben sich gut verstanden, beide waren verdammt gute Piloten und richtige Nerds, was Flugzeuge anging. Egal, ob moderne oder historische, militärische oder zivile. Und irgendwie kam es dann, dass wir die Wochenenden oft zu viert hier im Pub rumhingen. So viel kann man hier nicht machen, wenn man Anfang zwanzig ist und Hummeln im Hintern hat. Und so kam dann noch Magnus dazu. Die fünf Freunde.«

Die drei Männer lachten. Es war ein wehmütiges Lachen, eines, hinter dem mehr als nur eine Geschichte steckte.

Mags sah die Männer nachdenklich an.

»Wissen Sie, worüber sich Tim und Edgar letzte Woche gestritten haben?«

Sie spürte das Zögern der Männer und versuchte es auf einem anderen Weg.

»Sehen Sie, Tim ist ein Freund. Und er ist mit meiner besten Freundin zusammen. Ich weiß daher sehr genau, dass er kein einfacher Mensch ist. Und nun sitzt er in einer Zelle und spricht einfach mit niemandem. Es geht nicht darum, infrage zu stellen, dass Tim schuldig ist. Er hat ja gestanden.«

Es fiel ihr immer noch schwer, es laut auszusprechen. Noch schwerer, sich Tim vorzustellen, wie er zuschlug.

»Aber uns, als Tims Freunde und vor allem als Freunde der Frau, die ihn liebt, geht es einfach darum, zu verstehen. Wir wollen nicht nur wissen, was passiert ist, sondern vor allem herausfinden, was dahintersteckt.«

Die Männer sahen sich an, und Mags nahm wahr, wie Dr. Patel fast unmerklich nickte. Er schien derjenige zu sein, der den Ton angab, und erst nach seinem Zeichen ergriff Magnus Grant das Wort.

»Ich glaube, um zu verstehen, was passiert ist, muss man wissen, was vor mittlerweile fast zwanzig Jahren geschehen ist.«

Die anderen beiden nickten.

»Was ist damals passiert?«

»Diana. Diana ist passiert.«

Das kam von Stanley Connor. Und er schien selbst erstaunt darüber, dass er es laut gesagt hatte.

Mags horchte auf und zog dann das Bild, das sie aus Tims Büro mitgenommen hatte, aus der Tasche.

»Ist das Diana?«

Die Männer sahen sich das Foto an und alle drei lächelten still vor sich hin.

»Oh ja, das ist Diana.«

»Ist sie Edgars Schwester?«

Magnus Grant nickte.

»Ja. Wir waren alle in Diana verliebt, oder Patel? Sogar du warst einige Male mit ihr aus.«

Patel lachte.

»Und du hast damals keine einzige Gelegenheit verpasst, ihr nah zu sein.«

Stanley Connor nickte.

»Ja. Und sie anzusehen. Diana war ein sehr schönes Mädchen. Das zu einer sehr schönen Frau wurde.«

»Sie war nicht nur schön, sie war – strahlend.«

Das kam von Magnus Grant, der seine Augenbrauen zusammengezogen hatte und auf sein Bier starrte.

Clarance Patel nickte.

»Sie hätte uns alle haben können, auch wenn Edgar sehr deutlich gemacht hatte, dass er dem ersten von uns, der seine kleine Schwester anrührt, den Hals umdrehen würde.«

»Aber dann hat sie sich in Tim verliebt. Und Tim in sie.«

»Und Edgar hat es geschluckt. Er und Tim waren so gute Freunde, und ich glaube, es war für ihn dann irgendwie in Ordnung. Mir hätte er wahrscheinlich wirklich alle Knochen gebrochen.«

Magnus Grant lachte.

»Und mir auch. Niemand war gut genug für seine Schwester. Dass er Tim als Dianas Freund akzeptiert hat, war ein kleines Wunder.«

»Die drei wurden zu einem unzertrennlichen Trio. Diana und Tim und Edgar.«

Er sah auf das Foto, das immer noch zwischen ihnen auf dem Tisch lag.

»Das war die Verlobungsfeier von Diana und Tim. Das Bild muss hier aufgenommen worden sein. Sogar auf dem Foto sind sie zu dritt. Es war alles perfekt.«

»Bis …«

Die Männer hatten gemeinsam erzählt und Mags konnte erahnen, wie es früher gewesen sein musste. Die fünf Freunde – sie schienen sich näher gewesen zu sein, als sie es heute vielleicht eingestanden, oder sogar selbst wussten.

»Bis?«

»Bis Diana bei einem Unfall starb.«

Mags merkte, wie sich ihr Magen zusammenzog. Die junge Frau, die auf dem Foto lächelnd ihren Ring in die Kamera hielt, war tot. Nur noch eine Erinnerung.

Nun sprach nur noch Stanley Connor, und seine raue Stimme war leise.

»Edgar gab Tim die Schuld. Tim und Diana hatten an dem Abend wohl einen fürchterlichen Streit. Sie ist wütend mit dem Auto losgefahren. Und dann …«

Er brach ab und Patel übernahm es, den Rest zu erzählen.

»Edgar ließ Tim nicht in Ruhe, er griff ihn an, wo immer er konnte. Er war so wütend, so verzweifelt, dass er irgendwann jedes Maß verlor und Tim geradezu nachstellte. Tim hat dann das einzig Mögliche getan und seinen Dienst quittiert und ist weg. Wir haben nur gehört, dass er in Australien war und dann in Südamerika.«

»Aber er war nicht schuld?«

»Nein. Aber verstehen Sie, darum ging es Edgar nicht. Er hatte beschlossen, dass Tim schuld war. Und Edgar hatte Kontakte. Ich meine, er war ja so etwas wie der Thronerbe vom großen General Porter. Tim hatte keine, nicht mal die klitzekleinste Chance mehr, bei der Truppe zu bleiben. Die beiden hätten ihm die Hölle auf Erden bereitet. Und daher ist er weg …«

Magnus Grant trank den letzten Schluck aus seinem Glas.

»Und da waren die fünf Freunde plötzlich nur noch vier.«

Stanley Connor schüttelte den Kopf.

»Nein. Es gab sie einfach nicht mehr. Edgar brauchte Jahre, um wieder auch nur ein bisschen Frieden zu finden. Patel machte einen auf Doktor, und du Magnus, du hast damit angefangen, mehr Muskeln als Schwarzenegger aufzubauen. Wir waren nicht mal mehr vier Freunde, wir waren nichts mehr.«

Patel ergriff wieder das Wort.

»Aber wir haben uns noch ab und an hier getroffen. Ein Bier auf die alten Zeiten. Und alle paar Jahre gab es das Treffen der Ehemaligen. Als dann plötzlich Tim letzte Woche in der Tür des Pubs auftauchte …«

»Wir befürchteten, Edgar reißt ihm den Kopf ab. Aber die beiden …«

»Edgar hat Tim begrüßt und die beiden haben sich an einen der Ecktische gesetzt. Da blieben sie und haben die Köpfe zusammengesteckt.«

Clarance Patel wollte weitersprechen, aber Magnus Grant schaltete sich ein.

»Nach einer halben Stunde wurde es kritisch. Sie waren immer noch leise, haben fast geflüstert, aber ich konnte sehen, dass Edgar die Fäuste geballt hatte und Tim hatte diese Falte auf der Stirn, die hatte er schon früher immer gehabt …«

Er sah Mags direkt an, und sie spürte, dass es ihm immens wichtig war, dass sie verstand.

»Ich kenne die beiden. Ich meine, ich kannte sie und ich wusste, dass gerade Edgar ein wirklich mieses Temperament hatte. Und auch Tim hat sich in der Vergangenheit nicht gerade mit Ruhm bekleckert, was seine Gelassenheit anging. Daher habe ich sie, bevor sie im Pub aufeinander losgehen konnten, vor die Tür gesetzt.«

Er schluckte.

»Wenn ich gewusst hätte …«

Diesmal war es Stanley Connor, der den Wirt unterbrach.

»Du hattest einen Haufen anderer Gäste. Du hast das getan, was richtig gewesen ist. Ich hätte die beiden auch rausgeworfen. Niemand konnte wissen …«

Grant sprach weiter.

»Sie waren vielleicht zehn Minuten draußen, als ich Tims Rufe hörte. Ich stürzte raus, und da lag Edgar. Tim kniete neben ihm. Tim hat versucht, ihn wiederzubeleben, wir mussten ihn fast mit Gewalt von Edgar losreißen, damit unser Doktor hier zu ihm kam. Aber es war schon zu spät.«

Alle drei schwiegen und auch Sam und Mags unterbrachen die Stille nicht. Außer den leisen Gesprächen der anderen Gäste und dem Rauschen des Flusses hinter ihnen war nichts zu hören. Schließlich stellte Mags die nächste Frage. Sie hoffte sehr, dass sie eine Antwort bekommen würde.

»Und haben Sie irgendetwas gehört, worum es bei dem Streit ging?«

Stanley Connor sah sie an.

»Diana. Ich habe gehört, wie Tim ihren Namen gesagt hat. Und er hat gesagt, es täte ihm leid. Ich glaube, dass war der Moment, in dem das Ganze kippte.«

Magnus Grant schüttelte den Kopf.

»Ich habe nur einmal Edgar gehört, der so etwas sagte

wie ›Das glaube ich nicht.‹ Aber was er damit meinte, weiß ich nicht.«

»Könnte einer der anderen Gäste etwas gehört haben? Saß jemand dicht neben den beiden oder …?«

Die drei sahen sich an und dann von Sam zu Mags. Dann schüttelten sie alle drei den Kopf.

Der graue Fischreiher stand unbeweglich, wie es seine Art war, auf der Krone der mit Moos überzogenen Mauer, die die Straße im Ort der Menschen vom Fluss trennte. Eigentlich mied er das Dorf, aber manchmal zog es ihn in der Dämmerung auch hier an den Fluss, auf der Suche nach einem kleinen Fisch, der sich unterhalb der Brücke zwischen den Steinen versteckte. Auch heute war er erfolgreich gewesen und beschloss nun, noch ein wenig zu warten, bis er seine Flügel spreizen und in Richtung seines Schlafplatzes fliegen würde. Die Menschen faszinierten ihn. Ihre Bewegungen konnten so merkwürdig ziellos ein, sie achteten nicht sorgsam auf ihre Energie und ließen sie ständig ins Nichts verpuffen. Eine Ausnahme war der kleine und breite Mann, der so oft mit der Angel in seinem Fluss stand, und geduldig, ohne eine überflüssige Regung auf einen Fisch wartete. Der Mann wäre ein guter Fischreiher, da war er sich sicher. Aber alle anderen machten ihn mit ihrer Hektik nur nervös. Und es war nicht gut, nervös zu sein.

Daher saß er nun auf der Mauer und übte sich darin, mit dem Hintergrund aus grauen Häusern und den in der Dämmerung immer schwärzer werdenden Schatten zu verschmelzen.

Einige Meter entfernt durchschnitten bunte Lichter und seltsam geformte Figuren die dunkle Ruhe der nahenden Nacht. Ein Garten, und der Mensch, der ihn umsorgte, schien Gefallen an bunten und vor allem leuchtenden Dingen zu haben. Dieser Mensch wäre sicherlich eine gute Elster. Immer in Bewegung, immer keckernd auf der Suche nach schönen Dingen, um das eigene Nest auszuschmücken.

Er wollte gerade in einer einzigen und durchdachten Bewegung seine Flügel ausbreiten, als er eine Bewegung im Garten des Elstermenschen sah und neugierig stillhielt. Ein weiterer Mensch, klein, leise schleichend, dunkel gekleidet. Jemand, der mit seinem Hintergrund verschmelzen wollte, so wie die Baumläufer es taten. Der Mensch ging in den bunten Garten und blieb vor einem der Fenster stehen. Dann hob er die Hand, es klirrte leise. Wenig später rannte der Mensch in den Schatten davon.

Der graue Fischreiher sah ihm nachdenklich nach, bevor er sich selbst in Bewegung setzte, die Flügel öffnete und sich mit großen bedächtigen Schlägen in den Nachthimmel erhob.

13

»Geht es Dir besser?«

Sam hatte seinen Arm über ihre Schultern gelegt und Mags genoss die Wärme und das Gefühl von Geborgenheit, das sie dabei jedes Mal überkam.

»Du hast mir heute Morgen im Garten der Porters einen Schrecken eingejagt.«

»Mir geht es besser. Ich hatte einfach nichts gegessen, das war dumm von mir.«

Das Dorf war schon in der Nachtruhe versunken. Nur hinter wenigen Fenstern leuchteten noch schwach Lichter, und auf der Straße war außer ihnen beiden kein Mensch zu sehen. Ab und zu sah Mags eine Katze vorbeihuschen, und einmal meinte sie, das Rufen einer Eule zu hören. Sie sah in Richtung Kirche, deren breiter Turm vom Mond in sanftes Licht getaucht wurde. Sicherlich war der Turm alt genug, um ausreichend Öffnungen und Spalten für Eulen zu bieten. Es war still, bis auf das stetige Raunen des Flusses, der sich seinen Weg an den Mauern entlang und über die Furt suchte.

Sam sah sich mit der für ihn typischen Neugierde um.

»Gefällt es dir hier?«

»Das Dorf ist wirklich schön.«

Mags ging neben Sam die schmalen Gassen entlang, die sich wie ein etwas durcheinandergeratenes Spinnennetz zwischen der Kirche, dem örtlichen Pub und dem Fluss aufspannten.

»Es ist Rosehaven ähnlich, aber …«

»Aber?«

Sie sah sich erneut um.

»Kein Aber. Es ist ein schönes Dorf. Ich glaube, ich bin einfach müde und habe das Gefühl, dass wir hier gerade Gespenstern hinterherlaufen.«

»Gespenstern?«

»Ich meine, dass jede Information, die wir bekommen, nur weiter bestätigt, was passiert ist. Edgar McCallum und Tim verbindet eine schmerzhafte Vergangenheit. Edgar macht Tim für den Tod seiner Schwester verantwortlich. Tim kommt zum Treffen, vielleicht in der Hoffnung, Frieden zu schließen. Die Situation eskaliert, die beiden prügeln sich, und der nüchterne und allen Aussagen nach auch deutlich fittere Tim schlägt so zu, dass Edgar stirbt. Ich sehe bisher nichts, was uns hilft. Die Geschichte über Tim und Diana und die Tragödie, die sie alle verbindet – das macht es doch nur noch klarer. Ich hatte die Hoffnung …«

»Was hast du gehofft?«

»Naja, dass es sich irgendwie auflöst. Dass wir etwas finden, das Tim entlastet. Jemanden, der aussagen kann, dass Tim sich nur verteidigt hat. Irgendetwas, das macht, dass Mary damit leben kann. Aber so, wie es aussieht …«

Sam beendete ihren Satz leise.

»So, wie es aussieht, hat Tim die Kontrolle verloren und jemanden getötet.«

»Ja. Und das wird Mary niemals mittragen können. Sie wird gehen. Und Tim wird ins Gefängnis müssen für das, was er getan hat.«

Mags war vor einem Glaskasten neben der im Dunkeln liegenden Kirche des Dorfes stehen geblieben. Sie war erschöpft und müde. Dankbar lehnte sie sich an Sam, der sie mit beiden Armen umschloss.

»Ich will nicht, dass Mary leidet, und ich will die beiden auch einfach nicht verlieren. Aber so, wie es scheint, kann ich einfach nichts, gar nichts dagegen tun. Es ist aussichtslos.«

Sie schaute hoch zum Kirchturm, der von einigen schnell flatternden Schatten umgeben war.

»Die Fledermäuse kommen raus. Es ist Dämmerstunde. Als Kind hatte ich immer Angst vor ihnen, wenn sie aus dem alten Walnussbaum geflogen kamen und um mein Zimmerfenster tanzten. Wahrscheinlich hatte ich zu viele Geschichten über Vampire gehört.«

Sam drehte sich so, dass auch er hinauf zum Kirchturm blicken konnte.

»Wusstest du, dass Fledermäuse auch so alt werden können wie Fischreiher?«

Mags schüttelte den Kopf und wartete, worauf Sam hinauswollte. Sie kannte den Tonfall, den er immer anschlug, wenn er dabei war, einen Gedanken auszuformulieren.

»Was immens erstaunlich ist, da sie ja um ein Vielfaches kleiner sind. In Relation zur Körpergröße ist es, als würde ein Mensch hunderte von Jahren alt werden.«

Erneut flog ein Schatten mit blitzschnellen Bewegungen dicht über ihre Köpfe.

»Ihr Herz kann beim Fliegen bis zu 600-mal in der Minute schlagen. Und wenn sie in den Winterschlaf gehen, verringern sie ihn auf nur zehn Schläge pro Minute. Ihr Herz ist riesig im Vergleich zu ihrer Körpergröße, und sie können immens viel Sauerstoff in ihrem Blut transportieren. So schaffen sie es, die Energie zum Fliegen aufzubringen.«

Wieder konnten sie ein gewagtes Flugmanöver beobachten.

»Ihre Sinne sind wirklich außergewöhnlich. Sie orientieren sich nicht nur mit Ultraschall, dessen Echo sie orten können, sondern auch entlang der Magnetfelder der Erde. Und sie haben feine Haare an Mund und Nase, die wie kleine Antennen funktionieren. Wir Menschen können Fledermäuse erst seit knapp zwanzig Jahren überhaupt hörbar machen. Erst da wurde ein Gerät entwickelt, es heißt Bat-Detektor. Man konnte nachweisen, dass einige Fledermäuse hauchdünne Drähte wahrnehmen können.«

Mags lächelte. Es faszinierte sie immer wieder, mit welchen Bruchstücken und Fetzen an Wissen Sam seinen Kopf füllte.

»Und warum erzählst du mir das?«

Sam drehte sie zu sich um und sah sie an.

»Weil all dieses Wissen dir die Angst nimmt, die du als Kind vor den flatternden Mäusen hattest. Und weil es ein gutes Beispiel dafür ist, das Wissen hilft, der Welt zu begegnen. Und daher finde ich es nicht egal oder unnütz, genauer zu wissen, warum Tim und Edgar sich gestritten haben. Es wird wahrscheinlich nichts daran ändern, mit welchen Konsequenzen Tim rechnen muss, aber es wird uns vielleicht helfen, weniger Angst zu haben.«

Mags nickte langsam. Sie verstand, was Sam meinte, auch wenn sie über seine Art, es zu verdeutlichen, wie immer amüsiert war.

Sam ließ sie los.

»Wir brauchen mehr Informationen.«

»Aber wen können wir noch fragen? Wir kommen nicht an die Akten von damals – und auch nicht an die von heute. Eric sind die Hände gebunden, alles, was er tut, würde auf Mary zurückfallen und dann ihre Karriere endgültig zerstören.«

»Nein, wir nehmen eine bessere Quelle.«

»Eine bessere?«

»Ja.«

Sam wies auf einen der Anschläge im Schaukasten.

»St Mawgan hat eine Gemeindebücherei – und die ist morgen geöffnet.«

»Eine Bücherei?«

»Ja. Der Ort des Wissens. Und der Ort, an dem in einem Dorf wie hier sicherlich einiges an Klatsch zusammenkommt. Und du könnest deinen Freund Bob anrufen, er kann alles aus den Archiven seiner Zeitung heraussuchen über den Unfall damals.«

»Bob ist sauer auf mich.«

»Immer noch?«

Mags nickte.

»Ja, seit Weihnachten. Er sagt, ich würde ihm nicht alles erzählen über das, was im Cottage passiert ist.«

»Ah.«

Mags seufzte. Das Problem war, das Bob ja sogar recht hatte. Sie konnte ihm nicht erzählen, was genau Weihnachten dazu geführt hatte, dass sie im stillen und verschneiten Garten einen Toten gefunden hatte. Sie hatte versprochen, zu schweigen. Und er würde es ihr wahrscheinlich ohnehin nicht glauben. Sie wechselte das

Thema, über Bob würde sie sich später Gedanken machen. Sam zuckte mit den Schultern.

»Wir können ja morgen früh schauen, was wir in der Bücherei finden. Aber so oder so solltest du dich mit Bob vertragen. Ihr seid doch keine kleinen Kinder mehr.«

»Ja, aber wir kennen uns schon so lange – ich glaube, er hat es mir wirklich sehr übelgenommen.«

Sie traten vom Schaukasten zurück und schlenderten weiter die Dorfstraße hinab, die nur durch eine Mauer geschützt neben dem Fluss entlang führte.

»Laufen wir Gespenstern hinterher?«

»Wenn ja, dann sind wir es Tim schuldig. Und wenn nicht Tim, dann auf jeden Fall Mary.«

Mags merkte, wie sie beruhigt aufatmete. Sie würden morgen einen weiteren Tag damit verbringen, mehr Informationen über den Abend im Pub zu finden und ihre Nasen gemeinsam in Tims Vergangenheit stecken.

In Mrs Sterlings Garten war auch nachts einiges zu bewundern. Mags seufzte, als sie die vielen beleuchteten Figuren und bunten Gartenlichter sah. Der Weg zur Tür war mit hellen, in den Boden eingelassenen Strahlern beleuchtet. Viele Tiere, vor allem Insekten, ließen sich von solchen Lichtern ablenken. Die sprichwörtliche Motte, die vom Licht angezogen wurde, starb gerne vor Erschöpfung, während sie das Licht umtanzte. Und wer seinen Garten nachts beleuchtete oder neben einer Straßenlaterne lebte, die durchgehend leuchtete, wurde mit Amseln belohnt, die ihren Gesang bis zu drei Stunden früher erklingen ließen als an dunkleren Orten. Und außerdem schaute Mags gerne in den Sternenhimmel, was mit jeder überflüssigen Lichtquelle schwieriger wurde. Gerade heute schien der abnehmende Mond noch so hell, dass sie und Sam sicher ihren Weg durch den Garten finden würden, auch ohne künstliches Licht.

Sie sah Sam an, der in seiner Tasche nach dem Schlüssel suchte.

»Bereit für unsere erste Nacht in Mrs Sterlings Version von Titanias Laube?«

Sam lachte. Sie hatten gemeinsam vor einigen Wochen eine wunderbar altmodische Inszenierung von Shakespeares Sommernachtstraum im Open Air Theater von Penzance gesehen.

»Wenn du Titania bist, bin ich dann Oberon oder doch eher Zettel, der Weber?«

Mags sah ihn nachdenklich an.

»Ich glaube, das wird sich noch herausstellen.«

Gemeinsam gingen sie die Treppen hinauf.

»Bist du denn auch bereit für eine Nacht in der Blumenexplosion, Titania?«

Mags lachte leise.

»Ha. Wenn du glaubst, dass die schiere Menge an Blumen in mir romantische Gefühle weckt, dann muss ich dich leider enttäuschen.«

»Wir könnten einfach das Licht auslassen und die Augen ganz fest zukneifen.«

»Damit ich deine Eselsohren nicht sehen muss?«

Sam hatte mittlerweile die Tür aufgeschlossen, blieb dann aber wie angewurzelt stehen und hielt Mags mit ausgestrecktem Arm zurück.

Mags schaute über seinen Arm hinweg und merkte, wie ihr schlecht wurde.

»Was in aller Welt ist das?«

Jemand oder etwas hatte eine der Fensterscheiben zerbrochen, auf dem Sessel und dem Bett lagen Scherben, und eine goldgelbe Flüssigkeit tropfe langsam auf den Teppich. Einige schläfrige Insekten hatten schon den Weg ins Zimmer gefunden und summten leise vor sich hin.

»Ist das Honig?«

»Ja. Ich glaube schon. Und ich befürchte, es ist eines der Gläser, die Mrs Sterling unten am Zaun in dem kleinen Kasten zum Verlauf anbietet.«

Einige weitere Bienen summten durch das kaputte Fenster ins Zimmer. Sam schloss die Tür und schüttelte den Kopf

»Wir sollten Mrs Sterling wecken und ihr sagen, dass jemand sich an ihrem Honig vergangen hat.«

14

Mrs Sterling war beim Frühstück immer noch ein einziges aufgeregt flatterndes Nervenbündel. Nachdem Sam und Mags sie am Abend geweckt hatten, war der bisher unsichtbare Mr Sterling aufgetaucht, hatte mit stoischer Miene den Schaden begutachtet und etwas von Dorfjugend und Verfall der Sitten gemurmelt. Mrs Sterling hatte ihnen eilig das angrenzende Zimmer fertiggemacht, und sie waren mit Sack und Pack, begleitet von Mrs Sterlings nicht enden wollenden Entschuldigungen, umgezogen.

Als sie schließlich mit Eiern und dicken Scheiben selbstgebackenen Brotes versorgt waren, zog sich die Wirtin wieder in die Küche zurück, und Mags lehnte sich aufatmend zurück.

»Die Arme. Sie nimmt das Ganze mehr mit als uns.«

»Anscheinend hat es im Dorf in letzter Zeit einige Probleme mit Vandalismus gegeben. Ich habe oben den schweigsamen Mr Sterling getroffen, der den Fensterflügel ausbaute, um ein neues Glas einsetzen zu lassen. Wenn ich seine gemurmelten Sätze richtig verstanden habe, war es vor einigen Wochen der kleine Seitenaltar in der Kirche, der mit roter Farbe beschmiert wurde. Einige Felder in der Umgebung wurden plattgewalzt und die Bank in der Bushaltestelle angezündet. Verdächtig ist in Mr Sterlings Augen alles, was er *zugezogenes Pack* nennt, was wahrscheinlich alle Familien betrifft, die nicht schon seit mindestens dreihundert Jahren hier im Dorf ansässig sind.«

Mags biss in ihr Brot und genoss den Geschmack der salzigen Butter, die unter dem warmen Rührei geschmolzen war. Sie hatte nach einem traurigen Blick auf ihr Toast und die Marmelade einen sehnsüchtigen Blick auf Sams vollen Frühstücksteller geworfen – und er hatte sich ihrer erbarmt und zumindest das Rührei mit ihr geteilt. Das Frühstück erklärte eindeutig die begeisterten Bewertungen, die die Pension bekommen hatte.

»Du meinst also, es hat nicht mit uns zu tun?«

Sam hob nur die Schultern kurz an, da er gerade den Mund voll hatte.

»Ich meine, es könnte natürlich wirklich einfach ein Zufall sein, aber wenn nicht ...«

Sam hatte geschluckt und stimmte ihr zu.

»Wenn nicht, dann ist es nur noch ein Grund mehr, weiter Fragen zu stellen.«

Sie nickten sich zu, waren dann aber erst einmal damit beschäftigt, ihre Teller zu leeren.

Sam schaute auf die Uhr.

»Die Bücherei macht in einer halben Stunde auf. Wenn wir Glück haben, finden wir da mehr zu der ganzen Geschichte.«

»Na, dann los!«

Die Bücherei von St Mawgan nahm das Untergeschoss eines zweistöckigen großen Hauses am Rande des Dorfes ein.

»Wie kommt es, dass ein so kleiner Ort noch eine Bibliothek hat? Rosehaven hatte nie eine – und der Bücherbus, der in meiner Kindheit noch einmal in der Woche auf dem Platz vor dem Pub hielt, kommt seit Jahren nicht mehr zu uns. Wer ein Buch haben will, fährt bis nach Truro, bestellt es im Internet, oder hofft, dass einer der Nachbarn es hat.«

»Ich habe mich auch gewundert, deswegen habe ich vorhin etwas im Internet recherchiert. Wie es aussieht, war das Gebäude hier früher Teil des Landsitzes der hier lebenden Adelsfamilie. Sie stellte es um 1920 dem Dorf als Schulgebäude zur Verfügung. Und Ende der siebziger Jahre, als schließlich alle Kinder nach Newquay zur Schule gingen, hat die Tochter besagter Familie dem Dorf die Familienbibliothek gestiftet, um eine öffentliche Bücherei aufzubauen. Die Dorfgemeinschaft hat dann wiederum den Großteil der wertvollen Bücher an Sammler und große Bibliotheken verkauft und mit dem Erlös eine Stiftung gegründet. Die Gelder reichen bis heute, um Bücher anzuschaffen und jemanden zu beschäftigen, der sich um alles kümmert.«

»Das war schlau.«

»Danke!«

Mags und Sam fuhren herum, als hinter ihnen eine feine leise Stimme erklang.

»Ich musste damals ganz schön dafür kämpfen, dass wir die Bücher verkauften. Einige der konservativen Hohlköpfe wollten sie lieber behalten. Von wegen Erbe und so … Aber ganz abgesehen davon, dass die Bücher hier gar nicht richtig hätten aufbewahrt und geschützt werden können, war ich damals der Meinung, dass wir einiges mehr für unser Dorf tun könnten, wenn wir zukünftige Generationen mit aktuellem Wissen versorgen.«

Die Frau, die hinter ihnen stand, streckte ihnen die Hand entgegen.

»Amelia Morris.«

»Mags Blake, und das ist mein Mann Sam.«

Die Bibliothekarin war eine kleine Frau, deren dünne weiße Haare in kleinen Locken etwas wild um ihren Kopf herum abstanden. Sie hatte ein rundes, von unzähligen Falten durchzogenes Gesicht, aus dem hellblaue, klare Augen hinter einer dünnen Goldbrille neugierig in die Welt blickten. Mags schätzte sie auf mindestens achtzig, was sie ja auch sein musste, wenn sie damals bei der Gründung der Bücherei dabei gewesen war. Mindestens.

»Aber was tun Sie beide denn nun so früh vor meinen Türen? Sie kommen nicht von hier, oder?«

Sam ergriff das Wort.

»Wir suchen Informationen.«

»Na, für so ein Anliegen gibt es schlechtere Orte als eine Bücherei.«

Neugierig sah sie von Sam zu Mags.

»Was für Informationen?«

»Über Edgar McCallum und seine Schwester. Diana McCallum«

Mags wurde von den blauen Augen abschätzend gemustert und wusste, dass sie bei Mrs Morris am besten sofort alle Karten auf den Tisch legen sollte. Kurz erzählte sie, warum sie in St Mawgan waren. Mrs Morris hatte unterdessen aus einer großen, hellblauen Handtasche ein Schlüsselbund gezogen, die schwere Haustür aufgeschlossen und führte die beiden durch die Bücherei zu einem kleinen Schreibtisch. Die Räume waren hell, die hohen Decken und die fast bodentiefen Fenster ließen auch schon am Morgen viel Licht hinein. Mags hatte dunkles Holz erwartete, verstaubte Buchreihen und Schilder mit der Aufforderung, ruhig zu sein. Stattdessen war sie von modernen Metallregalen umgeben, die auf einem hellen Dielenboden standen, der immer wieder von bunten Teppichen bedeckt war. Hier und da gab es kleine, gemütliche Sitzecken. An den Wänden hingen Kunstposter und Filmplakate, und aus den Augenwinkeln konnte Mags in einem der hinteren Räume eine Kinderabteilung mit bunten Sesseln in Miniaturformat und niedrigen Tischen zum Spielen erkennen.

Der Schreibtisch war aufgeräumt, auf ihm standen einige Karteikästen und Stempel. Auf einer Anrichte an der Wand stand ein Wasserkocher neben einer Teekanne. Mrs Morris bedeutete ihnen, sich auf die beiden Stühle vor dem Schreibtisch zu setzen.

»Tee?«

Ohne eine Antwort abzuwarten, ging sie mit den Wasserkocher in einen Nebenraum und Mags konnte das leise Rauschen eines Wasserhahnes hören. Sam neben ihr sah sich begeistert um.

»Was für ein schöner Ort! Siehst du die Karteikästen?«

Er stand auf und ging zu einem der Bücherregale und zog ein Buch heraus.

»Schau, in jedem Buch steckt hinten eine Karteikarte, und wenn jemand es ausleiht, wird die Karteikarte gestempelt und mit der Nutzernummer des Besuchers versehen. Ich wette, es gibt hier keinen einzigen Computer.«

Hinter ihm war ein Schnauben zu hören.

»Da liegen Sie ganz schön falsch, junger Mann. Wir

haben im Obergeschoss zwei voll eingerichtete Computerräume, mit freiem Zugang zum Internet für die Nutzer und Lernmöglichkeiten für die Kinder. Wir fanden es nur überflüssig, das Geld für ein elektronisches Leihsystem auszugeben, wenn es mit den Karteikarten gut läuft. E-Books und andere elektronische Medien können über die städtische Bücherei von Newquay ausgeliehen werden, mit der wir eine Kooperation haben. Wir sind also, trotz der Karteikarten, sehr wohl auf der Höhe der Zeit.«

Mags sah, wie Sam rot wurde und musste lächeln. Mrs Morris, so viel war klar, verteidigte die Bücherei wie ihr Baby. Was sie wahrscheinlich auch war.

Nachdem sie zwei Teetassen vor ihnen abgestellt hatte, ließ sie sich auf den Schreibtischstuhl ihnen gegenüber sinken und musterte sie erneut.

»Ich erzähle Ihnen das, was sie mit ein bisschen mehr Zeit auch selbst aus den Zeitungsarchiven erfahren hätten. Und vielleicht ein bisschen mehr, weil ich nachvollziehen kann, dass sie ...«

Sie zögerte kurz und suchte sichtlich nach dem richtigen Wort.

»... dass sie beide verstehen wollen, was passierte.«

Sie lehnte sich zurück.

»Ich kannte beide. Diana und Edgar. Sie kamen nach St Mawgan, nachdem ihre Eltern gestorben waren. Frank Porter war ihr Patenonkel und nahm sie auf. Diana war zehn oder elf, und sie war nur selten bei mir, kein Kind, das seine Nase in Bücher steckte. Aber Edgar, er war vierzehn, denke ich, der war so oft hier, dass mir die Bücherei ohne seinen roten Haarschopf zwischen einem der Regale unvollständig vorkam. Er hat viel gelesen, und ich glaube, er hat die Bücherei auch als Ort genutzt, an dem er seine Ruhe vor allem hatte. Ich muss zugeben, ich war etwas erstaunt, als er sich entschloss, auch zur Royal Air Force zu gehen nach der Schule. Ich hätte immer gedacht, er würde lieber weg von hier.«

Sie machte eine Pause.

»Ich vermute, er blieb wegen seiner Schwester. Aus Verantwortung. Vielleicht aber auch, weil er sie nicht loslassen konnte.«

Mrs Morris sah aus dem Fenster.

»Diana war als junges Mädchen mit Magnus Grant, dem jetzigen Wirt des *Riverside Inn* zusammen, eine kurze Sommerliebe, die beiden waren ja noch halbe Kinder. Aber Magnus war ganz schön sauer, als sie ihm einige Jahre später, als er versuchte, sie erneut zu gewinnen, sagt man das heute noch so? Also, als sie ihm da von einem der Piloten ausgespannt wurde.«

Mags sah Sam an. Davon hatten die Männer gestern Abend nichts erzählt.

»Der Pilot muss dann wohl Ihr Freund Tim gewesen sein. Aber die Jungs im Dorf hatten oft einfach keine Chancen mehr bei den Mädels, wenn die Piloten am Wochenende vom Stützpunkt Freigang hatten. Und dieser Film hat es nicht besser gemacht.«

»Welcher Film?«

Mags sah zuerst Sam, dann Mrs Morris fragend an.

»Der über die amerikanischen Piloten. Wo alle diese Fliegerbrillen tragen und Motorrad fahren, und in dem es diese eine Szene hinter den Vorhängen gibt. Wie heißt er noch gleich?«

»Sie meinen Top Gun?«

Mags musste lachen. Sam hatte in Sekundenschnelle geantwortet.

»Du kennst Top Gun?«

»Warum nicht.«

Mags lachte erneut.

»Naja, Flugzeuge und so. Ich dachte nicht, dass das dein Thema ist.«

»Ich …«

Mrs Morris unterbrach ihn mit einem Lächeln.

»Ich habe gehört, dass viele der Jungs den Film nicht nur wegen der Flugzeuge geschaut haben, Mr Blake.«

Mags lachte über Sams rote Wangen und machte sich nicht die Mühe, die Anrede zu verbessern. Es kam oft vor, dass Sam als Mr Blake oder sie als Mrs Hawthrone angesprochen wurden.

»Ah, deswegen also …«

Sam musste nun auch lachen.

»Ich will gar nicht wissen, was du für Filme geschaut hast in deiner Jugend.«

Mags dachte an Patrick Swayze und Melonen und beschloss, Sam besser nicht mehr aufzuziehen.

Mrs Morris war dem Wortwechsel mit einem Lächeln gefolgt, wurde dann aber wieder ernst.

»Aber dann kam es zu dem Unfall. Ich weiß noch, wie ich in der Nacht wach wurde, weil die Sirene der freiwilligen Feuerwehr losging. Sie kommen selbst aus einem kleinen Ort, oder? Sie wissen, wie das ist.«

Mags wusste sehr genau, wie das war. Wenn die Sirene im Dorf losging, um die freiwilligen Helfer zu rufen, dann wusste man, dass etwas passiert war. Und man wusste, dass es mit einer hohen Wahrscheinlichkeit jemandem passiert war, den man kannte.

»Es war die Nacht von Freitag auf Samstag.«

Mags Magen zog sich zusammen.

»Die Partynacht, oder?«

Mrs Morris nickte.

»Ja. Die Nacht, in der die jungen Leute aus dem Dorf mit den Autos nach Newquay oder weiter zum Feiern fuhren. Und dann spät in der Nacht zurück. Müde, nicht immer nüchtern. Als Fahranfänger übermütig. Blind für die Gefahren.«

Mags nickte bedrückt. Auch an den großen Landstraßen rings um Rosehaven waren an einigen Stellen Kreuze aufgestellt, Kerzen. Erinnerung an die Unfallopfer, die es nicht geschafft hatten.

»Und es war Diana?«

Mrs Morris nickte.

»Ja. Sie war alleine unterwegs, in dem Wagen, den sie zu ihrem achtzehnten Geburtstag von den Porters geschenkt bekommen hatte. Es passierte auf der Landstraße oberhalb des Dorfes. Man vermutete, dass sie kurz abgelenkt war. Sie ist mit voller Geschwindigkeit auf eine Gruppe Bäume zugefahren. Sie hatte keine Chance.«

Mags schluckte. Autounfälle zogen sich wie ein roter Faden durch ihre eigene Lebensgeschichte. Sie selbst hatte vor zwei Jahren nur knapp überlebt. Sie merkte, wie ihr die ersten Schweißtropfen über den Rücken liefen. Dann spürte sie Sams Hand. Warm, zuverlässig. Sie atmete mehrmals tief ein und sah wieder klarer.

»Diana wurde hier auf dem Friedhof begraben. Edgar ist geblieben. Zuerst weiter als Pilot bei der Air Force, und später dann als Inspector bei der Flugsicherheitsbehörde. Er hat immer um Diana getrauert. Es gibt Wunden, die sich nicht verschließen. Aber das wissen Sie ja wahrscheinlich.«

Mags sah Mrs Morris nachdenklich an. Da war mehr in der Stimme der Frau zu hören gewesen, als sie von Edgar sprach. Trauer.

»Edgar war immer noch oft hier, oder? Auch als Erwachsener?«

Mrs Morris blinzelte und eine Träne lief ihr über die Wange, die sie nicht wegwischte.

»Ja. Er kam mehrmals die Woche, holte sich neue Bücher und trank einen Tee mit mir. Er saß immer da, wo ihr Mann gerade sitzt. Er war ein Freund.«

Sie schwiegen einen Moment. An der Wand hinter dem Schreibtisch tickte eine schlichte Wanduhr, und vor den offenen Fenstern waren der Gesang der Vögel und das Rauschen der Bäume im Wind zu hören.

»Und trotzdem helfen Sie uns?«

Mags war sich nicht sicher, ob sie das gekonnt hätte.

»Dann werdet ihr die Wahrheit erkennen und die Wahrheit wird Euch frei machen.«

Mrs Morris hatte die Zeilen ganz ruhig und ohne Pathos gesprochen.

»Johannes Kapitel 8, Vers 32.«

Mags sah Sam wieder erstaunt an. Erst sein ungeahntes Wissen über Filme der Achtziger, dann auch noch Bibelzitate.

Mrs Morris lächelte.

»Ja.«

Dann sah sie ihre beiden Besucher ernst an.

»Aber nirgends steht geschrieben, dass die Wahrheit nicht auch sehr weh tun kann.«

Sie waren aufgestanden und zusammen mir Mrs Morris zur großen Eingangstür gegangen. Als sie sich bedankten und verabschiedeten, hielt die Bibliothekarin Sams Hand fest.

»Sagen Sie, kenne ich Sie nicht irgendwo her? Ich habe das Gefühl, Ihr Gesicht schon einmal gesehen zu haben. Und wissen Sie, ein Gesicht vergesse ich wirklich nie. Nie.«

Sie musterte Sam über den Rand ihrer Brille mit zusammengekniffen Augen.

»Woher bloß …«

Dann glitt ein Lächeln über ihr Gesicht und ließ es leuchten.

»Sam Hawthrone. Sie sind Sam Hawthrone, richtig?«

»Ja, aber …«

»Ich wusste es. Ich habe Ihr erstes Buch sehr gerne gelesen. Und die Kinder, was viel wichtiger ist, auch.«

Sam wurde rot, was Mags schon kannte. Obwohl er in Oxford vor so vielen Studenten gesprochen hatte und grundsätzlich wahrlich nicht an einem zu geringen Selbstbewusstsein litt, machte es ihn immer verlegen, wenn er auf seine Arbeit als Schriftsteller angesprochen wurde.

»Danke.«

»Sie müssen bei uns lesen.«

»Was?«

»Eine Lesung, hier bei uns. Nächste Woche. Ich organisiere alles und garantiere Ihnen einen vollen Raum.«

»Aber …«

»Kein Aber. Ich denke, am Dienstag sollte es gut passen. Nicht zu spät, damit die Kinder alle kommen können, nicht zu früh, damit die Eltern auch kommen. Ich arbeite bei solchen Lesungen gerne mit einem Buchladen aus Newquay zusammen, die werden einen Büchertisch einrichten. Fünf Uhr am Nachmittag, zur Tea-Time. Die Landfrauen werden sich um die Verpflegung kümmern. Die Jungs in ihrem Buch essen doch am ersten Abend an diesem Lagerfeuer Würstchen und Dosenpfirsiche. Perfekt, das wird es auch geben.«

Sie strahlte Sam und Mags an, die von der Welle von Energie, die die kleine Frau ausstrahlte, fast weggespült wurden.

»Hervorragend. Ich sehe Sie dann am Dienstag. Kommen Sie etwas früher, damit ich Ihnen alles zeigen kann.«

Sie drehte sich um und ging zurück in die Bücherei, bevor Sam auch nur einen Ton hatte sagen können. Mags grinste.

»Na, dann wirst du am Dienstag wohl eine Lesung haben.«

Sie sah Sams gequältes Gesicht und lachte dann laut.

»Ob du willst oder nicht.«

15

»Glaubst du wirklich, dass wir noch mal willkommen sind?«

Sam warf Mags einen zweifelnden Blick zu, während er den Wagen wieder über die schmale gewundene Straße am River Menalhyl entlang lenkte. Er war immer noch fassungslos, dass er anscheinend einer Lesung zugestimmt hatte. Einfach so. Mags strich ihm beruhigend über den Arm.

»Ja. Sind wir. Mrs Porter hat mich extra angerufen und gesagt, dass wir noch einmal vorbeischauen sollen. Sie hat etwas für mich – und für dich wohl auch.«

Sam schien nicht überzeugt.

»Was aber nicht heißt, dass der General ebenfalls angetan von unserem Besuch sein wird.«

Mags machte das auch Sorgen, aber sie zuckte mit den Schultern.

»Ich denke, darum wird sich Mrs Porter gekümmert haben. Sie weiß ja, das wir kommen.«

Schweigend fuhren sie die restliche Strecke bis zum Haus der Porters, wo Sam den Wagen wieder an der gleichen Stelle abstellte. Diesmal war der Parkplatz vor dem Haus leer, bis auf Mrs Porter, die mit ausgestreckten Händen auf sie zugeeilt kam.

»Wie schön, dass sie kommen konnten. Mein Mann lässt sich entschuldigen, er wurde aufgehalten und wird es nicht mehr rechtzeitig schaffen.«

»Oh.«

»Er ist ja noch in beratender Funktion für die Royal Air Force tätig und manchmal gibt es dann einfach diese kurzfristigen Termine. Aber ich wollte mir die Chance nicht entgehen lassen, Sie noch einmal zu sehen. Kommen Sie mit, ich habe Tee gemacht.«

Von der Bank aus hatte man einen wunderbaren Blick auf den Fluss. Eingerahmt von Bäumen und Büschen war es, als würde man auf ein Gemälde schauen. Sam war im Haus zurückgeblieben, wo Mrs Porter ihm eine Kiste mit den alten Rechnungsbüchern und anderem Material der Mühle überreicht hatte. Mags wusste, dass nicht vieles ihren Mann glücklicher machte, als Originalquellen zu durchstöbern, und sie ihn daher bis zum Ende ihres Besuches im Garten nicht mehr sehen würde. Sie lehnte sich zurück und genoss die Aussicht. Die Landschaft vor ihr wurde nicht unterbrochen, durch nichts gestört. Es gab den Garten, den Fluss und den Himmel, der beides überspannte. Bis auf …

»Ist das dort ein Angler im Fluss?«

Mrs Porter sah in die Richtung, in die Mags wies.

»Oh, ja. Und der Statur nach zu schließen ist es Magnus. Magnus Grant, der Wirt des *Riverside Inns*. Das da unten ist sein Lieblingsplatz zum Angeln. Schon seit Jahren. Manchmal komme ich hierher und irgendetwas stimmt nicht an der Aussicht. Bis mir dann auffällt, dass kein Angler im Wasser steht. Als ob dem Bild ein wichtiger Bestandteil fehlt.«

»Ah, ja. Wir waren gestern im Pub – und man konnte ihn schwer übersehen.«

Mrs Porter lachte leise.

»Oh ja. Ich kann mich noch erinnern, wie er als Junge aussah. Aber irgendwann fing er dann an, zu trainieren.«

Sie tranken ihren Tee und Mrs Porter wandte sich dann Mags zu.

»Ich würde den Garten wirklich sehr gerne für Besucher öffnen. Natürlich auch, weil ich einfach stolz bin auf das, was ich hier geschaffen habe.«

Mags registrierte belustigt, dass in General Porters Abwesenheit aus dem wir ein ich geworden war.

»Aber auch, weil es vielleicht dafür sorgen würde, dass mehr Touristen ins Dorf kommen. Wir haben ja im Sommer schon einige Wanderer, und der Pub hat einen guten Ruf mit seinem Sommergarten und den Hochzeiten. Aber es sind nicht so viele, wie es sein könnten. Wenn man sich die Zahlen für Newquay und die Küste ansieht, die sind ja wirklich gewaltig. Wenn nur ein kleiner Prozentsatz der Leute dann die wenigen Meilen zu uns fahren würde, das wäre schon gut. Gut für das Dorf.«

Mags wusste, dass Mrs Porter recht hatte, aber gleichzeitig war sie traurig, weil St Mawgan genauso wie Rosehaven ohne das Geld von außen nicht mehr funktionierten.

»Ja, die Dörfer brauchen die Touristen, um zu überleben. Aber gleichzeitig stirbt trotzdem nach und nach die Nahversorgung aus. Ich meine, sie kommen für das Wochenende oder den Sommerurlaub, aber das bringt uns ja keine dauerhaften Bewohner. In Rosehaven gibt es mittlerweile keinen Kindergarten mehr, und der kleine Dorfladen kämpft auch ständig um seinen Umsatz. Viele Jobs sind nur für die Saison zu haben, aber wenn man hier lebt, braucht man ja Arbeit für das ganze Jahr.«

Mrs Porter sah Mags kurz mit gerunzelter Stirn an, stimmte ihr dann aber zu.

»Mittlerweile haben wir hier in St Mawgan auch keine eigene Arztpraxis mehr. Dr. Harris, die schon ewig hier im Ort praktiziert hat, hat mit 72 nun schlussendlich ihre Praxis geschlossen, und es wird keinen Nachfolger geben. Wir mussten uns alle Ärzte außerhalb suchen.«

Mags kannte das Problem.

»Vielleicht können Sie ja auch so etwas wie Kurse oder Lehrgänge anbieten. Vielleicht über Bonsai oder Ähnliches.«

Mrs Porter schüttelte den Kopf.

»Das würde ich mir nicht zutrauen. Mein Wissen über Bonsai ist im Vergleich zu dem einiger anderer wirklich viel zu gering. Aber …«

Sie sah Mags lächelnd an.

»Kommen Sie, ich zeige Ihnen noch etwas!«

Mrs Porter führte Mags durch den Garten und dann unter einem niedrigen Torbogen hindurch zu einem flachen Häuschen. Die Außenwände und das überstehende Dach waren aus Bambus gefertigt und die breite Schiebetür hatte einen schwarzen, mit weißem Material bespannten Rahmen.

»Kommen Sie herein.«

Mags trat ein und sah einen großen Raum, an dessen Wänden hohe Regale aus hellem Holz aufgebaut waren, in denen in unterschiedlichsten Kisten, Gläsern und Krügen Kräuter zu lagern schienen. Die Stirnseite des Raumes wurde von einer breiten Arbeitsfläche aus Edelstahl eingenommen, auf der mehrere Kochplatten und auch ein Bunsenbrenner standen. Glaskolben, Töpfe, Mörser und viele andere Dinge, die Mags teilweise nicht kannte, hingen an der Wand darüber oder standen auf der Arbeitsfläche. Es roch süßlich, und gleichzeitig nach etwas, das Mags nicht sofort einordnen konnte.

»Entschuldigen Sie den Geruch. Ich habe gerade einen neuen Krug mit Sojabohnen angesetzt, die ich fermentieren lasse. Früher habe ich das alles in unserer Küche im Haus gemacht, bis mein Mann es nicht mehr ertragen hat und mir daher diese Kräuterküche hier hat bauen lassen. Ich habe mir einen Arbeitsplatz eingerichtet, von dem so manch ein Herbalist nur träumen kann.«

Mags war neugierig durch den Raum gewandert und las die Inschriften auf den Gläsern. Einiges kannte sie, aber bei der Vielzahl der Pflanzen, Samen und auch Pilze musste sie passen.

»Und was stellen Sie hier her?«

»Tees. Säfte. Salben. Gewürze. Manchmal, wie bei den fermentierten Sojabohnen, auch schlicht Essen.«

Mrs Porters Wangen glühten vor Stolz und Mags merkte, dass sie hier in ihrem Element war.

»Wo lernt man so etwas?«

Sie dachte an ihren Onkel Jim, der sicherlich mehr als nur begeistert von diesem Raum und seinen Möglichkeiten wäre.

»Ich habe Kurse belegt, einige Abschlüsse gemacht, sowohl hier als auch in Amerika und Japan selbst. Ich habe eine ganz gute Sammlung an Büchern – und es gibt ja heute auch noch das Internet. Ich bin in einigen Foren unterwegs, und wir tauschen dort Rezepturen und Ideen aus.«

Mags sah sich noch einmal im Raum um.

»Aber das wäre doch perfekt. Sie könnten hier Kurse anbieten, vielleicht auch über ein Wochenende oder eine ganze Woche. Ich wette, die Vermieter im Ort und in der Umgebung würden dafür gerne mit Ihnen zusammenarbeiten und die ganze Logistik, Betten und Essen stellen. Und das dann zusammen mit Führungen durch Ihren Garten.«

»Glauben Sie?«

Sie unterhielten sich noch einige Zeit über die Möglichkeiten, den Garten zu öffnen und Kurse anzubieten.

Doch dann sah Mags auf ihre Uhr und erschrak. Sie hatte völlig die Zeit vergessen und sie hatte keine Lust, doch noch auf den General zu stoßen. Sie versprach, sich zu melden und in den nächsten Wochen noch einmal zusammen mit Gulliver wiederzukommen, was Mrs Porter vor Aufregung rot werden ließ. Mags mochte die zurückhaltende Frau und vor allem die dann umso erstaunlichere Leidenschaft und den Ehrgeiz, den sie in Bezug auf ihren Garten an den Tag legte. Sie versuchte daher, ihr Mut zu machen.

»Ich könnte Sie vielleicht auch mit einigen anderen Leuten zusammenbringen, die Erfahrungen damit gemacht haben, ihren Garten zu öffnen.«

Mags zögerte kurz.

»Und dann gibt es ja auch noch den National Trust.«

Der National Trust war eine der größten englischen Stiftungen, die sich um den Erhalt und Betrieb von jeder Art von Kulturstätten bemühte. Und dazu gehörten auf jeden Fall auch Gärten. Einige der bekanntesten Gärten waren in den letzten fünfzig Jahren aus privater Hand in die Stiftung überführt worden. Auch Mags hatte vor einigen Jahren in einem Garten gearbeitet – und dabei Sam kennengelernt –, der damals noch in Privatbesitz gewesen war, nun aber dem Trust gehörte und öffentlich zugänglich war.

Sie zögerte, weil der National Trust meist nur dann Interesse zeigte, wenn die Chance bestand, dass der Garten auf lange Sicht der Stiftung vererbt werden würde.

»Daran habe ich auch schon gedacht. Wir haben keine Kinder und auch keine anderen unmittelbaren Verwandten, und es böte sich einfach an. Doch mein Mann hat das bisher immer abgelehnt. Das Haus und der Garten sollten an Edgar gehen und …«

Sie brach ab.

»Auf jeden Fall danke ich Ihnen für Ihre Hilfe.«

Als Mags Sam einsammelte, den sie nur mit Müh und Not von den alten Wirtschaftsbüchern der Mühle loseisen konnte, dachte sie über das nach, was Mrs Porter ihr erzählt hatte. Aber auch über alles, was sie nicht erzählt hatte. Sie hatte irgendwo einmal gelesen, dass in Japan die Lücke zwischen zwei Dingen ebenso wichtig sei wie die Dinge selbst.

16

»Softeis.«

»Was?«

»Ich will ein Softeis.«

Seit sie in den Wagen gestiegen und aus St Mawgan losgefahren waren, hatten sie schweigend nebeneinander gesessen. Mags selbst hatte keine Lust, mit Sam über das zu reden, was sie erfahren hatten, und auch Sam schien sich lieber auf die Straße vor sich zu konzentrieren, als zu reden.

Aber was sollten sie schon besprechen? Sie hatten zwar mehr erfahren und wussten nun, warum Edgar Tim schon bei seinem letzten dienstlichen Besuch in Rosehaven so angegriffen hatte. Er gab Tim die Schuld am Tod seiner Schwester. Damit wussten sie, warum zwischen den beiden Männern böses Blut geherrscht hatte. Aber dieses Wissen würde weder Tim noch Mary weiterhelfen. Vielmehr würde es ein Motiv für die Schlägerei liefern. Tim hatte zugeschlagen und Edgar getötet. Und nichts würde etwas daran ändern.

»Softeis also.«

»Ja. Ich wette, an einem der Parkplätze an der Küstenstraße werden wir einen Eiswagen finden. Früher standen die dort immer.«

Sam sah sie kurz an, dann blickte er wieder auf die Straße, setzte aber einige hundert Meter später den Blinker, um zu wenden und in Richtung Küste zu fahren.

»Dein Wunsch ist mir Befehl.«

Mags Telefon klingelte in ihrer Tasche, und nach einigem Suchen zog sie es heraus. Es war Mary Shifter.

»Mags?«

Mary klang aufgeregt und Mags hoffte, dass es endlich einmal gute Neuigkeiten gäbe.

»Das Ergebnis der Obduktion ist da.«

»Und?«

»Edgar ist an inneren Blutungen aufgrund von Gewalteinwirkung verstorben.«

Mags unterdrückte einen Fluch. Sie hatte immer noch gehofft, dass die Ärzte eine andere Todesursache finden würden. Etwas, das Tim entlasten würde. Was auch immer. Sie holte tief Luft.

»Also …«

Aber Mary unterbrach sie.

»Aber eines ist auffällig. Der INR-Wert in Edgars Blut war viel, viel zu hoch.«

Mags sagte das nichts. Sie stellte das Telefon auf laut, so dass Sam mithören konnte.

»Das heißt was? Was ist das für ein Wert?«

»Der INR-Wert zeigt an, wie schnell das Blut gerinnt. Und Edgars Wert war viel zu hoch. Das heißt, die Gerinnungsfähigkeit seines Blutes war stark heruntergesetzt. Schon kleine Wunden hätten bei ihm zu starken Blutungen geführt.«

Mags versuchte, diese Informationen zu verstehen und einzuordnen.

»Aber warum? War er krank? Hat er Medikamente genommen? Blutverdünner nimmt man doch, wenn man Probleme mit den Arterien hat, oder?«

Sam hatte mittlerweile den Wagen an die Seite gelenkt, den Motor abgeschaltet und hörte gespannt zu.

»Das weiß ich nicht – es war schon riskant, überhaupt an Informationen aus dem Bericht zu kommen …«

Sam schaltete sich ein.

»Und was bedeutet das jetzt für Tim?«

»Es scheint zu bedeuten, dass die Schläge von Tim unter normalen Umständen bei Edgar nur zu blauen Flecken und Prellungen geführt hätten. Aber durch die Anomalie, also dadurch, dass sein Blut grob gesagt viel zu dünn war, ist er innerlich verblutet.«

Sam hatte schneller als Mags erfasst, was das bedeutete.

»Was Tim aber nicht wissen konnte.«

»Genau. Aber so, wie es aussieht, hat Edgar selbst es ja auch nicht gewusst. Oder er hat sich total dämlich verhalten. Er wollte am übernächsten Tag noch am Rugby-Spiel der ehemaligen Royal Air Force-Leute teilnehmen. Er war angemeldet, und er hat da wohl jedes Mal mitgespielt. Ich meine, ausgerechnet Rugby! Und laut meinem Kontakt war das Spiel der Ehemaligen gegeneinander dafür bekannt, besonders ruppig zu sein. Es gilt als Feigheit, nicht mit mindestens einem blauen Auge und ausreichend blauen Flecken dort herauszukommen. Hätte Edgar gewusst, wie es um ihn steht, wäre er das Risiko sicherlich nicht eingegangen.«

Mags schwieg erstaunt. War das der Rettungsring für Tim, nach dem sie so lange gesucht hatten?

»Und jetzt? Was heißt das für Tim?«

Sam schien in die gleiche Richtung gedacht zu haben.

»Tims Anwältin ist schon auf dem Weg zum Gericht,

um zu erreichen, dass die Anklage wegen Mordes fallen gelassen wird.«

Mags wollte sich gerade freuen, als Mary den Anruf beendete.

»Ein weiterer Anruf. Wir sehen uns nachher bei euch zu Hause, ja?«

Sie klang wirklich besser und auch bei Mags sickerte die Erkenntnis gerade durch.

»Keine Mordanklage mehr gegen Tim!«

»Vielleicht.«

Sam sah nachdenklich aus dem Fenster und auf die Autos, die an ihnen vorbeifuhren.

»Aber das ist doch super!«

Sam schüttelte den Kopf.

»Freu dich bitte nicht zu früh, Mags.«

»Wieso nicht, verdammt nochmal? Tim ist nicht schuld daran, dass Edgar verblutet ist. Das waren Medikamente oder was weiß ich was.«

Aber Sam blieb skeptisch.

»Ich meine, dass es immer noch die Schläge von Tim waren, die Edgar getötet haben. Ich weiß nicht, wie es mir mit dem Wissen gehen würde.«

Mags hasste es, wenn Sam auf vernünftig machte. Und sie hasste es noch mehr, wenn sie ihm auch noch recht geben musste. Der Appetit auf Softeis war ihr vergangen.

17

Einige Tage später stand Mags am Rande ihres Gartens und beobachtete, wie Cameron, einer der Schüler, der in den Sommerferien sein Taschengeld bei ihr in der Firma aufstockte, in der Mitte der Rasenfläche hinter dem Cottage stand und ein Loch aushob. Er war gerade 18 geworden und sparte für eine Reise nach Australien, die er nach der Schule antreten wollte. Als Mags ihn gebeten hatte, für sie zu graben, hatte er sie zuerst erstaunt angesehen, sich dann aber mit jugendlicher Freude auf die Arbeit gestürzt. Normalerweise hätte sie es sich nicht nehmen lassen, das Loch selbst zu buddeln, aber es war ein heißer Tag und seit ihrem Aufenthalt in St Mawgan traute sie ihrem Kreislauf immer noch nicht ganz. Sie musste sich einen Infekt eingefangen haben, und so saß sie lieber im Schatten an der Hauswand und schaute Cam zu, wie er Schaufel für Schaufel Erde auf einer ausgebreiteten Plane neben dem Loch aufhäufte. Neben ihm stand ein junger Baum.

»Wie tief muss es noch werden?«

Cameron hielt inne und wischte sich den Schweiß aus der Stirn. Er hatte sich noch einen kleinen Rest kindliche Spitzbübigkeit bewahrt und war bei den anderen Mitarbeitern aufgrund seiner guten Laune und seiner Energie beliebt.

»Das Pflanzloch muss immer doppelt so tief und doppelt so breit wie der Ballen des Baumes sein.«

Mags juckte es in den Fingern, selbst zur Schaufel zu greifen. Sie hatte gestern einer spontanen Laune nachgegeben, war in die Gärtnerei ihrer Freundin Cynthia gefahren und hatte die Reihen der Obstbäume durchsucht. Gefunden hatte sie einen Apfelbaum, der Früchte der Sorte Ben's Red tragen würde. Eine alte Sorte aus Cornwall, die dunkelrot reifte und am besten direkt vom Baum gegessen werden wollte. Kein saurer Lagerapfel, sondern ein Apfel wie im Märchen.

»Du hast es doch gleich geschafft. Und ich habe drinnen noch einen Rest Kuchen, wenn du magst.«

Cameron warf eine weitere Schaufel voll Erde auf den Haufen.

»Kuchen? Von dir oder von Miss Clara gebacken?«

Mags schnaubte, lachte dann aber und stand auf.

»Du hast Glück, denn er kommt aus Miss Claras Küche. Kirschkuchen. Und du bekommst ein Stück, trotz der frechen Bemerkung. Ich sage schnell Sam Bescheid, dann können wir uns an den Tisch vor dem Haus setzen, da ist es kühler.«

Sie ging in die Küche und wollte gerade nach Sam rufen, als sie Autoreifen auf dem Kies der Einfahrt hörte. Neugierig ging sie zur Haustür und sah Mary aus ihrem roten Sportwagen klettern. Sie ging ihr entgegen und konnte Spuren von Tränen im Gesicht ihrer Freundin sehen.

»Tim ist wieder zu Hause, ich fahre jetzt zu ihm.«

»Hat er was gesagt? Gibt es Neuigkeiten?«

»Nein. Er hat nichts gesagt. Gar nichts. Seine Anwältin hat mich angerufen und mir gesagt, dass er aus der

Untersuchungshaft entlassen wird. Von Tim selbst keinen Ton.«

Mary sah völlig erschöpft aus. Mags sah, wie die Hand der ansonsten so ruhigen Polizistin zitterte.

»Ich fahre dich.«

18

Normalerweise hätte Mags es genossen, am Steuer des Sportwagens zu sitzen. Vielleicht eher heimlich genossen, weil sie Mary schon öfters Vorträge über die Unsinnigkeit eines Wagens ohne Kofferraum oder anderen Stauraum und mit viel zu hohem Benzinverbrauch gehalten hatte. Sie wusste, es war falsch, mit einem solchen Motor durch die engen Straßen Cornwalls zu fahren, aber es war ein bisschen so, als ob man gegen besseres Wissen viel zu viel Eiscreme futterte oder die ganze Nacht aufblieb, um ein Buch zu Ende zu lesen, obwohl man am nächsten Tag früh raus musste. Der Teil von einem, der einem eifrig vernünftige Gründe, es zu lassen, predigte, wurde schlicht von dem Teil, der das Ganze genoss, übertönt.

Aber gerade machte sich Mags viel zu viele Sorgen um ihre Freundin, als dass sie irgendetwas hätte genießen können.

»Er wird sich freuen, dich zu sehen.«

Mary sah sie nur an und schüttelte den Kopf.

»Dann hätte er mich angerufen, sobald er aus der Tür des Untersuchungsgefängnisses herausgetreten ist. Aber er hat sich nicht gemeldet.«

Als sie den Wagen am Rand des Flugfeldes abgestellt hatten, schlug Mary nicht den Weg zum Wohnwagen, sondern den zum Hangar ein.

»Er wird in der Halle sein und an einem der Flugzeuge herumschrauben.«

Aber Mary lag falsch. Als sie um die Ecke der Halle bogen, sahen sie Tim, der auf einer Bank vor den geschlossenen Hangartoren saß, vor sich eine halb geleerte Flasche Whiskey, in der Hand einen Plastikbecher, der Werbung für die Duxford Battle of Britain Airshow machte. Als er ihre Schritte hörte, sah er auf und fluchte laut.

»Verdammt. Haut ab. Verpisst euch wieder.«

Mags spürte, wie Mary sich anspannte und hielt ihre Freundin sanft am Arm fest.

»Er ist betrunken.«

»Das ist keine Entschuldigung für irgendetwas.«

Mags stimmte ihr zu.

»Lass uns trotzdem sehen, was er zu sagen hat.«

Sie gingen weiter zu Tim, der sie nur müde ansah. Wobei er bei Marys Anblick sichtlich kleiner auf seinem Stuhl wurde.

»Ich glaube, ich hab mich deutlich ausgedrückt. Ihr sollt euch verpissen.«

Er klang nicht wirklich wütend, sondern einfach nur sehr, sehr müde.

»Wir wollen helfen.«

Mags merkte in dem Moment, als Tim seinen Becher gegen die Wand des Hangars warf, dass sie das Falsche gesagt hatte. Da es nur ein Plastikbecher war, gab es kein befriedigendes Krachen, sondern nur einen kleinen dumpfen Knall.

»Helfen? Wobei? Ich habe Edgar umgebracht. Ich habe sie beide umgebracht.«

»Aber …«

Mary war einen Schritt auf Tim zugegangen, der sie nur ansah und dann den Kopf schüttelte.

»Geh. Ich werde auch gehen. Sobald ich kann.«

»Was soll das heißen?«

Mags spürte, wie viel Kraft es Mary kostete, so ruhig zu bleiben. Äußerlich ruhig.

»Das heißt …«

Tim hatte Probleme, die Wörter deutlich auszusprechen. Sein sonst so energiegeladenes und fröhliches Gesicht war grau und eingefallen. Er sah aus wie ein alter Mann.

»Das heißt, dass ich England verlasse. Sobald ich meine Strafe abgesessen habe, bin ich weg.«

Mary starrte ihn an.

»Und das hier?«

Sie wies auf den Hangar und das Flugfeld.

»Dein Geschäft, deine Freunde? Ich?«

Tim zuckte zurück, als hätte Mary ihn geschlagen und schloss die Augen.

»Egal. Ich gehe. Ich kann nicht bleiben.«

»Egal?«

Mary flüsterte jetzt nur noch. Sie sah Tim lange an, dann drehte sie sich um.

»Mags, ich warte vorne an der Straße auf dich.«

Und ohne einen weiteren Blick zurück ging sie los.

Mags blieb stehen, wo sie war und wartete ab. Dann setzte sie sich in einigen Metern Entfernung ins Gras und sah den Piloten, der stumpf auf das Flugfeld zu starren schien, an.

»Tim – rede mit mir. Was ist an dem Abend passiert?«

»Du bist noch da?«

Mags schwieg. Irgendwann begann Tim zu sprechen.

»Wir haben uns gestritten. Edgar ist ...«

Er brach ab, suchte seinen Becher und trank dann schulterzuckend einen weiteren Schluck aus der Flasche, die zwischen seinen Füßen stand. Viel war nicht mehr übrig und Mags fragte sich, wie voll die Flasche wohl am Anfang gewesen war. Nach ihrer Erfahrung konnte es nur noch eine Frage der Zeit sein, bis er umkippen würde. Aber immerhin redete er nun.

»Edgar war ein Sturkopf, und er konnte einen wirklich immer wieder auf die Palme bringen. Das lag wohl in der Familie ...«

»Du spricht von seiner Schwester? Diana?«

Tim sah sie an und schüttelte den Kopf.

»Ich werde nicht darüber sprechen.«

Tims Kopf war hochgeschnellt und Wut lag in seinen Augen. Mags fragte sich kurz, ob es schlau war, sitzen zu bleiben. Kannte sie ihn wirklich gut genug? Aber das vor ihr war Tim, der lachend an ihrem Küchentisch gesessen hatte. Marys Tim.

»In Ordnung. Was war an dem Abend?«

Er starrte sie immer noch wütend an, aber Mags ließ sich nicht einschüchtern

»Wenn nicht mir, dann bist du es Mary schuldig. Was ist passiert?«

Wieder ging ein Zittern durch Tims Körper, lange gab sie ihm nicht mehr, aber dann begann er wieder zu reden.

»Wir haben uns gestritten, der Wirt hat uns vor die Tür gesetzt. Ich hatte die Schnauze voll und wollte zu meinem Auto. Aber Edgar ließ nicht locker. Er hielt mich an der Schulter fest und nannte mich … Egal. Irgendwann habe ich einfach rot gesehen. Habe zugeschlagen. Mehrmals. Er sollte mich einfach in Ruhe lassen. Ich dachte, er würde mich dann in Ruhe lassen, mehr nicht.«

Es lag etwas Flehendes in Tims Stimme, das Mags das Herz zerriss.

»Und das Nächste, was ich weiß ist, wie Edgar vor mir auf dem Boden lag und sich nicht mehr bewegte. Ich schrie, die anderen kamen aus dem Pub gerannt.«

Er sprach immer noch erstaunlich klar für die Menge an Alkohol, die er mittlerweile im Blut haben musste. Aber langsam wurde seine Zunge schwerer und seine Stimme müder.

»Er ist tot. Und Ich habe ihn getötet. Punkt.«

»Aber …«

Tim sah nur kurz auf und schüttelte den Kopf. Etwas in seinem Blick ließ Mags nun wirklich verstummen. Dann richtete er sich mühsam auf und kam, abgestützt an der Wand des Hangars, auf die Beine.

»Geh jetzt. Ich …«

Die Flasche fiel ihm aus der Hand. Und diesmal knallte es richtig. Er sah erstaunt auf die Scherben, schüttelte den Kopf und ging, unsicher nach Halt suchend, in Richtung seines Wohnwagens. Mags holte tief Luft und betete, dass er es bis dorthin schaffen würde. Sie hatte keine Lust, einen Mann von über achtzig Kilo durch die Gegend zu schleifen. Aber er schaffte es. Mags ließ ihm fünf Minuten Zeit, dann folgte sie ihm.

Tim lag auf dem breiten Bett, das den hinteren Bereich

des Wagens einnahm. Er hatte die Augen geschlossen und atmete gleichmäßig.

Mags überlegte kurz, dann rollte sie ihn mühsam auf die Seite und stopfte ihm mehrere große Kissen in den Rücken. Sie legte ein Handtuch unter seinen Kopf und schaltete das Licht an, auch wenn die Dämmerung erst in einigen Stunden einsetzen würde. Dann seufzte sie und machte sich auf den Weg, um Mary zu suchen.

19

Wenn es etwas gab, das Mags vom Grübeln abhalten konnte, war es ihre Arbeit. Und eine ihrer schönsten Aufgaben war es, junge Pflanzen in einen Garten zu bringen. Sie hatte die letzte Stunde mit beiden Händen in der feuchten Erde verbracht. Jetzt schob sie die letzten Töpfe aus einem kompostierbaren Hanfmaterial, die sie in ihrem Gewächshaus verwendete, zusammen und stand auf, um sich umzusehen.

Der Garten der Walkers war nicht wiederzuerkennen. Dort, wo vor wenigen Wochen noch schlichter, von einigen Büschen durchbrochener Rasen ein ziemlich trübseliges Dasein gefristet hatte, waren nun verschlungene Beete angelegt, deren Ränder sie mit niedrigen Zäunen aus Weidengeflecht eingefasst hatte. Irene Walker hatte sich zu ihrer goldenen Hochzeit einen Bauerngarten von ihren Kindern gewünscht, und diese hatten ihr den Wunsch erfüllt. Evergreen, beziehungsweise Blake & Gull hatte in der Planung vor allem darauf geachtet, dass der Garten zu Irene passte, die seit einigen Jahren mit einer MS-Diagnose lebte und immer wieder auf einen Gehwagen oder einen Rollstuhl angewiesen war. Mags und Gulliver hatten sich schlau gemacht – und viel über die Möglichkeiten, inklusive Gärten zu planen, gelernt.

Ihre Helfer hatten die Wege dieses Mal aus Beton gegossen und doppelt so breit angelegt wie sonst. Mags hatte den Beton in einem warmen Orangeton färben lassen und war froh über den Effekt. Alle paar Meter waren Nischen eingelassen, in denen Bänke zum Verweilen einluden. Neben den Bodenbeeten, in denen pflegeleichte Stauden wachsen sollten, hatte Mags mehrere runde Hochbeete gebaut, in denen Gemüse und Salat wuchsen – sicher vor Schnecken und vor allem gut zu erreichen. Statt eines Gartenteiches hatte sie sich für mehrere Kübel und Fässer aus Holz mit solarbetriebenen Pumpen entschieden, in denen im nächsten Jahr hoffentlich die ersten Seerosen blühen würden. In der hinteren Ecke des Gartens führte der Weg dicht an Büsche mit Himbeeren, roten und schwarzen Johannisbeeren und Stachelbeeren heran. Perfekt, um die Früchte von der Hand direkt in den Mund zu stecken. Die breiten Wege freuten nicht nur Irene Walker, sondern würden auch ihren Enkelkindern die Möglichkeit geben, mit den diversen Laufrädern und Rutscheautos zu fahren. Der Weg endete an einem kleinen Pavillon, an dessen Holzgerüst schon die ersten Zweige wilden Weins emporrankten.

Mags sah sich um. Es war ein großes Projekt gewesen, das sie mit den Vorarbeiten und der Bepflanzung mehrere Wochen beschäftigt hatte. Aber das Ergebnis konnte sich sehen lassen und wirkte mit seinen breiten Wegen und den vielen runden Formen trotz der traditionellen Bepflanzung frisch und modern.

Am Wochenende würden die Walkers mitsamt ihren Kindern und Enkelkindern eine große Einweihungsfeier geben, und sie hatten Mags und ihr Team dazu eingeladen.

Zufrieden suchte Mags ihre Utensilien zusammen und fegte die heruntergefallene Erde von dem sonnenwarmen Betonweg zurück ins Beet. Als sie durch die schmale Seitenpforte zu ihrem Lieferwagen ging, hielt sie erstaunt inne. An die Seitentür des Wagens gelehnt stand eine Frau von Mitte Fünfzig, die ihre roten, mit grauen Strähnen durchsetzten Haare zu einem straffen Zopf zusammengebunden hatte. Gekleidet war sie in die für sie typische kurze schwarze Lederjacke und dunkle Jeans. Auch wenn sie mit den festen Stiefeln, dem Rucksack, den sie statt einer Handtasche trug, und der großen Sonnenbrille aussah, als wäre sie unterwegs auf einem Motorradausflug, erkannte Mags sofort die Polizistin, die sie war: CI Phyllis Armstrong.

Mags seufzte und machte sich darauf gefasst, ins Kreuzverhör genommen zu werden. Wenn Phyllis Armstrong hier war, dann konnte das nur einen Grund haben, nämlich Mags herunterzuputzen. Oder es zumindest zu versuchen. Seit ihrer ersten Begegnung pflegten sie beide eine deutliche Abneigung zueinander.

»Chief Inspector Armstrong? Was verschafft mir die Ehre?«

Die Polizistin ging auf Mags zu.

»Ich habe von einem meiner Beamten gehört, dass die Porters Besuch hatten, eine junge Gärtnerin und ihr Ehemann, der Historiker ist. Was für ein Zufall, oder?«

Mags zuckte mit den Schultern.

»Die Welt ist klein.«

»Und dann habe ich gesehen, dass es eine Lesung geben wird. Das freundliche Gesicht Ihres Ehemanns hat mich von einigen Plakaten aus angelächelt.«

Sie zog ein zusammengefaltetes Papier aus ihrer Jackentasche und reichte es Mags. Es war ein Flyer in DIN-A4-Größe, der für Sams Lesung warb. Mags gab den Zettel zurück und bemühte sich, weiterhin einfach unverbindlich zu lächeln.

»Wir haben im Ort den Garten der Porters in beratender Funktion besucht – und dann wurde mein Mann zu der Lesung eingeladen. Nichts, was also außerhalb unserer alltäglichen Arbeit steht.«

Mags war neugierig, was die Polizistin zu ihr geführt hatte. Zum einen war sie allein und hatte sich die Mühe gemacht, Mags hier abzufangen. Sie hatte bisher weder die Stimme erhoben noch hatte sie ihren üblichen schneidenden Zynismus durchklingen lassen. Sie lächelte sogar. Was alles in allem, wenn man ihre letzten Begegnungen bedachte, nur bedeuten konnte, dass CI Armstrong etwas von Mags wollte. Oder von Sam. Oder überhaupt etwas im Schilde führte. Was in Mags Augen schon wieder besser zu der Frau passte, die sie bisher erlebt hatte.

»Was wollen Sie von mir?«

Mags merkte, dass sie in der letzten Zeit eine gewisse Ungeduld an den Tag gelegt hatte gegenüber Leuten, die nicht auf den Punkt kamen. Was wirklich untypisch für sie war, da sie ja normalerweise eher zu der Sorte Mensch gehörte, die von Eile und Hektik genervt waren.

»Ich wollte wissen, was Sie wissen. Und wenn Sie jetzt zufällig erfahren würden, dass neben dem Bett des Opfers eine Schachtel mit starken Blutverdünnern gefunden wurde, dann …«

»Medikamente haben also zu der Gerinnungsstörung geführt?«

Mags bemerkte ihren Fehler in dem Moment, als sie ihre Frage ausgesprochen hatte. Sie musste aufpassen, damit Mary nicht in die Schusslinie geriet. Aber CI Armstrong lächelte immer noch.

»Ah, Sie wissen also davon.«

»Ich weiß nicht mehr, wo ich es gehört habe.«

Wieder nur ein Lächeln. So langsam wurde Mags diese freundliche Version von Phyllis Armstrong unheimlich.

»Die Gerichtsmedizin prüft das noch. Aber da die Tabletten in Edgar McCallums Wohnung lagen …«

»Warum hat er sie genommen?«

»Das ist eine spannende Frage. Wir wissen es nicht. Und seine ehemalige Ärztin weiß es auch nicht. Dr. Harris ist vor einigen Monaten in Pension gegangen, und zumindest bis zu Edgars letztem Besuch in ihrer Praxis hatte er keine Erkrankung, die so eine hohe Dosis erfordern würde. Sie hat sie ihm nicht verschrieben.«

»Hatte er einen neuen Arzt?«

»Nicht, dass wir wissen.«

»Was ist mit Dr. Patel?«

»Ah, den haben Sie also auch schon kennengelernt?«

Mags zuckte mit den Schultern.

»Die Welt ist wirklich kleiner als man denkt.«

Phyllis Armstrong hatte mittlerweile den Flyer, den Mags ihr zurückgegeben hatte, mehrmals in einem komplizierten Muster ineinander gefaltet.

»Edgar McCallum war nicht Patient bei Dr. Patel. Wir haben alle Ärzte im Umkreis abgefragt. Niemand scheint ihn behandelt zu haben. Und das Medikament ist eines, das sehr häufig verschrieben wird. Da kommen wir nicht weiter.«

Sie schob ihre Sonnenbrille in die Haare und Mags konnte sehen, wie sich Frustration über das ansonsten unbewegte Gesicht der Polizistin legte.

»Die Staatsanwaltschaft wird meine Arbeit an dem Fall für beendet erklären. Es wird keine Anklage wegen Mordes mehr geben, und ich denke, wenn Mr Robinson sich der Körperverletzung schuldig bekennt, dann wird er mit einem blauen Auge davonkommen.«

Mags versuchte, sich zu freuen, aber sie dachte an Tims Gesicht, als er ihr einen letzten Blick aus der Tür seines Wohnwagens zugeworfen hatte, und an das tiefe Schweigen, das Mary auf der Rückfahrt zum Cottage befallen hatte. Ihre Freundin hatte jeden Versuch, über Tim zu sprechen, abgeschmettert.

»... und damit leben müssen, dass er einen Menschen getötet hat.«

»Ja.«

Mags setzte sich zwischen die offenen Hecktüren auf die Ladefläche ihres Transporters.

»Warum sind Sie hier?«

Phyllis holte tief Luft. Was auch immer sie zu sagen hatte, es fiel ihr nicht leicht. Mags wartete gespannt.

»Ich bin nicht zufrieden. Ich bin sogar sehr unzufrieden. Vielleicht sogar unglücklich. Ich mag es nicht, wenn ein Fall abgeschlossen wird, solange noch so wichtige Fragen offen sind.«

Sie setzte sich nach einem leichten Zögern neben Mags, die erstaunt zur Seite rutschte, um Platz zu machen.

»Und auf der Schachtel mit dem Medikament neben Edgar McCallums Bett sind keine Fingerabdrücke zu finden ...«

Das Papier in ihrer Hand war mittlerweile anscheinend fertig gefaltet, und Mags sah zu ihrem Erstaunen, dass der Flyer zu einem kompakten Papierflieger geworden war.

»Eric Johnson vertraut Ihnen.«

Mags lachte kurz auf.

»Tut er nicht. Oder besser, hat er nicht. Als er noch im Dienst war, hat er mir mehr als einmal zu verstehen gegeben, wie sehr ich seine Kreise störe.«

»Aber trotzdem hat er Sie nicht davon abgehalten, Ihre Nase in seine Ermittlungen zu stecken.«

Als Mags etwas erwidern wollte, hob ihr Gegenüber die Hand.

»Vielleicht hat er gesagt, er tut es, aber er hat es nicht wirklich getan. Glauben Sie nicht, er hätte Sie das eine oder andere Mal aufhalten können?«

Mags machte ihren Mund wieder zu. Sie war sich nicht sicher, was sie denken oder sagen sollte. Sie wusste, dass Eric sie beschützen wollte, aber in dem, was Phyllis Armstrong da sagte, könnte vielleicht auch ein Körnchen Wahrheit stecken, oder?

»Egal. Ich bin zu Ihnen gekommen, um Sie zu fragen, ob Sie einfach, wenn Sie ja eh schon in St Mawgan sind, wo ihr Mann ja ganz zufällig lesen wird, ihre Augen und Ohren offen halten können. Nicht einmischen, keine Alleingänge, nichts, was auch nur im Ansatz so dumm ist wie Ihre letzten Aktionen …«

»He!«

Phyllis Armstrong holte tief Luft.

»In Ordnung, dumm war eine unbedachte Wortwahl. Sie sollen einfach nur lauschen, beobachten und mir dann umgehend berichten, wenn Ihnen etwas auffällt. Keine …«

Sie sah Mags nachdenklich an.

»Einfach keine riskanten Aktionen, ja?«

Sie holte einen Stift heraus und schrieb etwas auf den Papierflieger, den sie dann der verdutzten Mags in die Hand drückte.

»Das ist meine private Handynummer. Rufen Sie mich an. Und sagen Sie DS Shifter, dass sie den Ball flach halten soll. Es wäre wirklich nicht gut für sie, Aufmerksamkeit auf sich zu lenken, ja?«

Mags nickte nur, zu erstaunt, um etwas zu sagen. Doch bevor Phyllis Armstrong aufstehen konnte, stellte sie ihr noch eine Frage.

»An dem Morgen, als Sie bei den Porters waren und in ihrem Wagen aus der Einfahrt gekommen sind, haben Sie da mich und meinen Mann erkannt?«

»Erkannt? Sie beide, in dem Wagen, der auf Miss Clara zugelassen ist? Sie halb versteckt auf dem Beifahrersitz und Ihr Mann am Steuer?«

Mags musste lachen.

»Nein. Natürlich nicht. Sonst hätte ich ja etwas unternehmen müssen, nicht wahr?«

Sie stand auf und Mags, die etwas rot geworden war bei der Antwort der Polizistin, stellte eine letzte Frage.

»Was haben Sie an dem Morgen eigentlich bei den Porters gemacht?«

»Ah. Eine gute Frage. Ich habe mir den Zweitschlüssel zu Edgar McCallums Wohnung geben lassen. Er hatte ihn bei den Porters hinterlegt. Sein eigener Schlüssel lag mit seinen anderen Sachen in der Gerichtsmedizin in Truro. Und da war der Weg zu den Porters kürzer.«

Mags sah dem schwarzen Geländewagen hinterher und schüttelte den Kopf. Sie musste mit Sam und Mary sprechen.

20

Als Sam und Mags ihren Wagen durch die Furt rollen ließen, sahen sie das erste Plakat. Auf einem Aufsteller, wie er sonst nur im Wahlkampf benutzt wurde, prangte ein Foto von Sam, und darunter standen Ort und Zeit der Lesung.

»Ich hatte noch nie so ein Plakat!«

Sam hielt an, um sich selbst zu fotografieren, und Mags machte schnell mit ihrem Handy ein Foto davon. Ein Foto von Sam, wie er ein Foto von Sam fotografierte. Sie würde es rahmen lassen und ihm zu Weihnachten schenken.

Doch als Sam wieder in den Wagen steigen wollte, hielt ein dunkelgrüner moderner Geländewagen neben ihnen. Als die Scheiben auf der Fahrerseite heruntergelassen wurde, erkannte sie General Porter. Sein Gesicht war wutverzerrt. Schnell stieg sie aus und stellte sich neben Sam. Die schneidende Stimme des Generals klang bedrohlich in ihren Ohren.

»Sie haben sich unter einem Vorwand in mein Haus eingeschlichen. Ich werde Sie anzeigen.«

Mags wollte etwas sagen, aber Sam schüttelte den Kopf.

»Und weswegen? Wir haben auf Ihre Einladung hin den Garten besichtigt. Meine Frau ist Gärtnerin und ich bin Historiker. Daran ist nichts Falsches.«

»Sie sind nur gekommen, weil Sie mit diesem Monster Tim Robinson befreundet sind. Sie wollten mich ausspionieren.«

»Auch das stimmt so nicht. Wir wollten nach St Mawgan, um mehr über die fragliche Nacht zu erfahren. Als wir das mit einem Besuch in Ihrem Garten verbanden, wussten wir noch gar nichts von Ihrer engen Verbindung zum Opfer. Als wir es erfahren haben, haben wir Ihnen gegenüber das Thema fallen gelassen. Also nein, wir wollten niemanden ausspionieren. Wir waren nur auf der Suche nach Wissen.«

»Warum haben Sie dann in der Bücherei mit Mrs Morris gesprochen? Sie wollen mir und meiner Frau schaden.«

Mags holte tief Luft und ignorierte Sams warnenden Blick.

»General Porter. Sir. Wir wollen doch nur wissen, was passiert ist. Tim ist ein Freund. Er hat das doch nicht gewollt.«

»Er ist ein Mörder. Er hat Edgar umgebracht, und vor zwanzig Jahren auch dessen Schwester.«

Seine Stimme brach und er flüsterte die nächsten Worte.

»Diana. Sie war ein Engel.«

Er fasste sich wieder.

»Der Teufel hat die beiden getötet. Vielleicht mag er vor dem Gesetz nicht schuldig sein, vielleicht mag ihn kein weltliches Gericht zur Verantwortung ziehen, aber er ist schuld. Und es wird einmal der Tag kommen, an dem er für seine Taten bezahlen muss.«

Damit ließ er das Fenster wieder hoch und fuhr mit viel zu hoher Geschwindigkeit los. Mags sah erschrocken zu Sam, der ihr sanft über die Wange strich.

»Lass uns gleich noch eine Runde gehen, ja?«

Mags nickte. Sie stiegen in den Wagen und parkten ihn neben der Bibliothek. Bis zur Lesung war noch etwas Zeit und sie mussten den Kopf wieder frei bekommen. Ihr steckte die Auseinandersetzung mit General Porter noch in den Knochen. Sie konnte verstehen, dass der Mann wütend war und sich getäuscht fühlte. Aber unter der Wut hatte etwas anderes, Dunkleres gelegen. Sam nahm ihre Hand.

»Wir haben uns noch gar nicht die Kirche angesehen, und der Friedhof soll einige gut erhaltene Grabplatten aus dem 16. Jahrhundert haben.«

Mags musste trotz ihrer gedrückten Stimmung kurz lächeln. Ihr Mann versuchte, sie abzulenken. Manchmal gingen Sams und ihre Ideen davon, was man zur Entspannung oder Aufheiterung machen konnte, allerdings etwas auseinander. Aber die Kirche würde sicherlich schön kühl sein.

Mags behielt recht, und während ihr Sam etwas über die architektonischen Besonderheiten des Baus erzählte, setzte sie sich auf eine der alten Kirchenbänke und hörte ihm zu.

»... ursprünglich aus dem 13. Jahrhundert. Sie ist St Mauganus geweiht, aber ich muss zugeben, dass ich über diesen speziellen Heiligen aus dem Kopf nichts weiß. Vielleicht kann uns Mrs Morris nach der Lesung etwas mehr dazu sagen. Sie wird sicherlich mehr wissen. Siehst du die beiden Erweiterungen hier rechts und links? Die müssen später dazu gekommen sein, wahrscheinlich im 15. Jahrhundert, das würde passen. Dass die Chorschranke noch erhalten ist, ist wirklich ungewöhnlich. Vielleicht …«

Mags hatte schon so viele Kirchen mit Sam besucht, dass sie ungefähr wusste, worüber er sprach und an den richtigen Stellen nicken oder ein erstauntes *Wirklich* von sich geben konnte. Während sie ihm mit halbem Ohr zuhörte, sah sie immer wieder das von Wut verzerrte Gesicht des Generals vor sich. Aber da schwang noch mehr mit. Trauer? Schmerz? Sie konnte es nicht einordnen, spürte nur, dass ihr Instinkt ihr riet, sich von dem Mann fern zu halten.

Irgendwann, Sam war gerade dabei, die lateinischen Inschriften einiger Gedenktafeln zu lesen und zu übersetzen, stand sie auf.

»Lass uns noch eine Runde über den Friedhof gehen.«

Sie konnte Sam mit der Aussicht auf weitere Inschriften und die von ihm erwähnten Grabplatten loseisen, und zusammen gingen sie die schmalen Gänge zwischen den Grabsteinen entlang.

»Es ist schon wirklich merkwürdig, wie wir unsere Toten begraben.«

»Was meinst du?«

»Naja, in Italien findest du auf den meisten Grabsteinen Fotos der Verstorbenen, und vor allem in den Urnenwänden sind die Fächer oft auch mit Andenken gefüllt. Die Dias los Muertos in Mexiko sagen dir ja sicherlich etwas?«

Mags nickte. Die Tage der Toten, an denen gefeiert und auf den Friedhöfen mit der gesamten Familie gegessen und der Toten gedacht wurde.

»In vielen Kulturen werden die Toten verbrannt und

die Asche wird ausgebracht. Dort werden die Orte des Erinnerns nicht mit den Orten verbunden, wo die Überreste liegen. Bei uns gehen die Menschen dahin, wo die Knochen liegen. Sie legen Beete an, die, und dafür bist du die Expertin, mehr oder weniger sorgfältig bepflanzt sind. Sie sitzen auf Bänken und erinnern sich. Bei allen Formen der Bestattung geht es um das Erinnern. Menschen erinnern sich ihrer Toten.«

Mags sah sich um. Sam hatte recht. Viele Gräber waren zwar eher mit praktischen Bodendeckern begrünt, aber auf einigen standen in Plastikvasen, die in die Erde gesteckt waren, frische Blumen.

»Sieh dort.«

Mags wies auf ein Grab am Rande des Friedhofes, das aus der Reihe fiel. Es war mit einem Bonsai bepflanzt, eine Ahornart mit wunderbar rot leuchtenden Blättern. Der Boden unter dem Baum war gleichmäßig mit Moos bedeckt.

»Das muss Mrs Porter gewesen sein.«

Sie gingen weiter, und konnten dann die Inschriften lesen.

»Hier liegt Diana. Neben ihren Eltern.«

Mags fröstelte trotz der warmen Sonne.

»Und bald wird auch Edgar hier beerdigt werden. Die Gerichtsmedizin hat seinen Leichnam freigegeben.«

Sie sah unter dem Bonsai etwas weißes blitzen und trat näher.

»Die Blüten dort sind auch aus dem Garten der Porters. Mir sind sie schon beim ersten Besuch aufgefallen, und ich habe ganz vergessen Mrs Porter zu fragen, was das für ein Busch ist, der so blüht.«

Sie ging in die Hocke und hob eine der Blüten vorsichtig hoch.

»Sie sind noch ganz frisch. Sie müssen sie erst heute hier abgelegt haben.«

Nachdenklich öffnete Mags ihre Handtasche und steckte eine der Blüten zwischen die Seiten ihres Kalenders. Sam half ihr hoch und sah sie fragend an.

»Ich muss gleich zur Bücherei. Mrs Morris will mir alles zeigen und den Ablauf mit mir durchsprechen. Kann ich dich alleine lassen?«

»Natürlich. Ich setze mich noch etwas hier hin, dann bin ich dir nicht im Weg und komme dann wie alle anderen Gäste auch nachher dazu.«

Die Bank stand nach Westen ausgerichtet, und die warmen Strahlen der Abendsonne strichen über ihr Gesicht. Mags lehnte sich zurück und schloss die Augen. Nur einen kleinen Moment, um sich zu entspannen und wieder fitter zu werden. Nur einen kleinen Moment, und dann …

Mags wachte auf, als sie Schritte auf dem schmalen Weg hörte. Als sie sich aufrichtete, sah sie Dr. Patel, der mit einem entschuldigenden Lächeln auf sie zukam.

»Ich habe Sie vorhin mit Ihrem Mann im Ort gesehen, und hatte gehofft, Sie noch zu erwischen.«

»Oh. Ja.«

Mags versuchte, den Schlaf abzuschütteln und wühlte dann panisch nach ihrem Handy, um auf die Uhr zu sehen. Erleichtert atmete sie auf. Sie hatte nicht mehr als eine Viertelstunde geschlafen. So etwas war ihr noch nie passiert.

»Setzen Sie sich doch, Dr. Patel. Ich muss … ich muss

eingenickt sein in der Sonne. Es war ein langer Tag und …«

Mags merkte, dass sie hektisch losredete und verstummte. Sie sammelte sich.

»Sie wollten mit mir sprechen? Mein Mann ist schon in der Bücherei.«

»Ich glaube, ich wollte einfach mit irgendjemandem sprechen.«

Mags sah, wie er den schmalen goldenen Ring, den er an seinem Ringfinger trug, nervös drehte. Der Ring war ihr gestern gar nicht aufgefallen und sie fragte sich, ob er ihn nur vergessen oder etwa abgenommen hatte.

»Ich musste noch lange an Tim denken, und an die Zeit damals. Es liegt schon so lange zurück, und doch sitzen wir nun hier und reden über alles.«

Er sah sie an und Mags spürte, wie wichtig ihm war, dass sie ihm zuhörte.

»Tim war mein Freund. Er ist damals nach Dianas Tod einfach verschwunden. Ich habe ihn vermisst. Alle haben seinen Abschied von der Air Force und seine Fahrt nach Australien als ein Eingeständnis seiner Schuld gesehen, aber …«

Er zögerte, und Mags sprang ihm bei.

»Aber Sie nicht?«

»Nein. Zum einen, weil ich Tim kenne beziehungsweise glaubte zu kennen. Und zum anderen, weil ich etwas wusste, was die anderen nicht wussten. Tim wollte nie, dass ich es jemandem erzähle, aber …«

Er sah sie wieder an.

»Sie sind seine Freundin. Ich erzähle Ihnen, was ich weiß.«

Vom nahen Kirchturm waren Glockenschläge zu hören. Sams Lesung würde bald beginnen. Dr. Patel wartete die sieben Schläge ab, dann sprach er weiter.

»Ich weiß, dass Diana eine Affäre hatte. Keine Ahnung, mit wem. Und ich weiß, dass Tim sich deswegen von ihr getrennt hatte. Er ist in der Nacht des Unfalls zu mir gekommen, betrunken und völlig aufgelöst. Er hat sie sehr geliebt. Aber er war sich sicher, dass sie ihn betrogen hatte. Warum, wollte er mir nicht sagen. Als er dann am nächsten Morgen von dem Unfall erfuhr, wollte er nicht, dass ihre Familie, allen voran Edgar, einen schlechten Eindruck von Diana bekommen würde. Daher bat er mich, zu schweigen und erzählte niemandem, was wirklich passiert ist. Alle nahmen an, Dianas Tod wäre Folge davon, dass sich Tim von ihr getrennt hat. Aber das stimmte nicht. Diana hat ihn betrogen und …«

Er brach ab

»Sie sollten Tim fragen, was Diana ihm an dem Abend vor ihrem Tod erzählt hat.«

»Sagen Sie es uns. Tim wird nicht reden.«

»Das kann ich nicht. Tim hat es mir damals auch nicht erzählt. Ich weiß nur, dass da mehr war, mehr als nur eine Affäre. Aber was genau …«

Er schwieg.

»Warum haben Sie es mir nicht schon an dem Abend im Pub erzählt?«

Sie sah Dr. Patel nachdenklich an. Er schien sich bei ihrer Frage nicht wohlzufühlen.

»War es, weil Ihre beiden Freunde dabei waren? Magnus Grant und Stanley Connor?«

Er schwieg immer noch.

»Glauben Sie, Diana hätte mit einem der beiden eine Affäre haben können?«

Er zögerte mit seiner Antwort.

»Nein, heute glaube ich das nicht. Aber ich habe es damals befürchtet. Beide waren so in Diana verliebt – ich ...«

Er brach ab und Mags dachte nach. Sie erinnerte sich noch gut an Magnus Feststellung, dass alle *drei* der Männer in Diana verliebt gewesen wären. Aber vielleicht sollte sie das nicht gerade laut sagen.

Dr. Patel stand auf, drehte sich dann aber noch einmal zu ihr um.

»Eine Sache noch, ich habe das auch schon der Polizei gesagt, aber die schien das nicht für wichtig zu halten.«

Mags merkte auf.

»Ja?«

»Tim war da, weil Edgar ihn eingeladen hat.«

»Was?«

Mags starrte ihn an.

»Alle erzählen, Tim wäre hier überraschend aufgetaucht. Aber das stimmt nicht. Edgar hat ihn gebeten, zu kommen.«

»Und das wissen Sie, weil ...?«

»Weil Edgar es mir selbst erzählt hat. Er wollte, dass ich Tim auf die Liste für den Empfang setze. Er war ja am Nachmittag schon beim Essen dabei, nicht nur im Pub.«

»Das Essen war nicht im Pub?«

»Was? Nein. Wir waren alle bei den Porters eingeladen, der General hat es sich seit einigen Jahren zur Tradition gemacht, einen riesigen Grill aufzubauen und alle seine ehemaligen Zöglinge mit Fleisch und Bier zu versorgen.«

»Im Garten?«

Mags konnte sich bei bestem Willen nicht vorstellen, dass Mrs Porter es zulassen würde, dass jemand, geschweige denn eine Gruppe Bier trinkender Ex-Soldaten, in ihrem Garten grillte.

Patel grinste.

»Nein, natürlich nicht in Suzannes heiligem Garten. Es gibt ein Stück die Straße rauf eine weitere Einfahrt zum Grundstück, sozusagen den Hintereingang. Dort haben die Porters eine Art Grillhütte aufgebaut.«

»Das wusste ich nicht.«

Nachdem Dr. Patel sich verabschiedet hatte, beeilte sich Mags, zur Bücherei zu kommen. Aber auf dem ganzen Weg versuchte sie, Ordnung in das eben Gehörte zu bringen.

Also war Tim auf Einladung von Edgar da gewesen. Warum? Alle Zeugen sagten doch, dass die beiden im Pub gestritten hatten und Edgar sehr wütend über Tims Anwesenheit gewesen wäre. Und wie hatten wohl die Porters, oder besser: General Porter reagiert, als Tim bei ihnen aufgetaucht war? Immerhin hatte der General ihr noch vor wenigen Stunden sehr deutlich gemacht, was er von Tim hielt.

Sie und Sam würden nach der Lesung einiges zu besprechen haben.

21

Als Mags durch die weit geöffnete Eingangstür in die Bücherei schlüpfte, waren fast alle Stühle im Raum schon besetzt. Mrs Morris, oder wahrscheinlich ihre Helfer, hatten die Stühle so aufgestellt, dass die Reihen von der Eingangshalle durch die geöffnete Flügeltür bis in den großen Leseraum hineinreichten. Dort war eine Art Podest aufgebaut, auf dem ein Tisch und ein Stuhl standen. Von Sam noch keine Spur, und Mags hoffte, dass ihr Mann nicht zu nervös war. Sie zählte die Köpfe und war beeindruckt. Mrs Morris hatte in kurzer Zeit mehr als achtzig Menschen in die Bücherei gelockt. Das hatte Sam auch bei seinen größten Lesungen in London nicht erreicht. Gefühlt musste jeder Einwohner St Mawgans anwesend sein. Vor der ersten Stuhlreihe lagen viele bunte Kissen auf dem Boden, auf denen es sich ein Dutzend Kinder gemütlich machten. Auf den Fensterbänken saßen vielleicht ebenso viele Jugendliche, die allesamt um einen gelangweilten Gesichtsausdruck bemüht waren. Aber keiner von ihnen hatte ein Handy in der Hand – Mrs Morris musste einiges an Autorität haben, wenn sie das durchgesetzt hatte.

Mags suchte sich einen freien Stuhl am äußersten Rand des Gangs und setzte sich. Nachdem sie gestern noch so voller Energie gewesen war, senkte sich heute Müdigkeit wie eine warme Decke über sie. Aus einem der Nebenräume hörte sie das Klirren von Geschirr, und der Geruch von warmen Würstchen drang an ihre Nase. Sie rückte näher ans Fenster, was ihr einen erstaunten Blick eines Jugendlichen einhandelte.

Mrs Morris betrat die improvisierte Bühne, und im Raum wurde es wie auf ein unsichtbares Zeichen hin still. Sie lächelte und griff zu dem Mikrophon, das auf dem Tisch in einer Halterung stand.

»Liebe Gäste, liebe Leser und Leserinnen. Ich freue mich, Sie heute herzlich in der St Mawgan Public Library begrüßen zu dürfen. Als mir letzte Woche der Zufall einen jungen Mann in die Bücherei brachte, dessen Gesicht mir vage bekannt vorkam, brauchte ich eine ganze Zeit, um ihn zu erkennen. Aber als mir bewusst wurde, dass es sich um Sam Hawthrone handelte, konnte ich ihn natürlich nicht so einfach gehen lassen. Seine Bücher …«

Mags merkte, wie erneut eine Welle des Würstchengeruchs bei ihr ankam, und ihr wurde flau im Magen. Sie schloss die Augen und konzentrierte sich auf ihre Atmung. Einatmen, zwei, drei, vier. Und ausatmen, zwei drei, vier, fünf, sechs. Und einatmen, zwei, drei, vier. und aus.

»… wie er es schafft, die Geschichte Cornwalls in ein Buch über Freundschaft und Abenteuer, über das Erwachsenwerden zu packen, ist etwas Besonders. Ich habe noch nie ein Geschichtsbuch gelesen, das so voller Erzählfreude war. Oder einen Roman, der Geschichte so gut erzählt. Begrüßen Sie also unseren Gast an diesem Abend: Dr. Sam Hawthrone!«

Mags machte die Augen auf und klatschte, während Sam sich bei Mrs Morris bedankte und dann versuchte, seine Beine unter den Tisch zu bekommen. Nach einigen

Versuchen hatte er eine Sitzposition gefunden und sah ins Publikum. Mags wusste, dass Sam gut darin war, Vorträge zu halten, er tat das schließlich ständig auf die eine oder andere Weise. Aber einen Raum voller Menschen wirklich zu unterhalten – das war schon eine besondere Herausforderung. Aber Sam war Sam, und so hatte er sich, nach den ersten nicht sonderlich erfolgreichen Versuchen, auf die Suche nach einem Lehrer gemacht. Den er in Gestalt von Sir Walter Scott gefunden hatte, ein ehemaliger Schauspieler und Hörspielsprecher, der unweit von Rosehaven seinen Altersruhesitz hatte. Genauer gesagt, hatte Miss Clara ihn für Sam gefunden – und mit Sir Walters Hilfe hatte Sam gelernt, nicht nur vorzulesen, sondern aus seinen Lesungen eine gute Show zu machen.

Gerade als er nach einigen, mit fröhlichem Lachen des Publikums belohnten Einleitungssätzen die ersten Seiten zu lesen begann, spürte Mags ihr Handy in der Hosentasche vibrieren. Es war leise, aber trotzdem von den dicht bei ihr Sitzenden zu hören. Schnell drückte sie den Anruf weg. Aber wenige Sekunden später vibrierte es wieder, und Mags blieb nichts anderes übrig, als unauffällig aufzustehen und die Bücherei unter den missbilligenden Blicken von Mrs Morris schnellstens zu verlassen.

22

»Gulliver? Was ist passiert?«

Mags war aus der Bücherei gegangen und hatte sich eine Bank am Rande der großen Rasenfläche gesucht.

»Mags? Warum hat das so lange gedauert?«

Mags verdrehte die Augen. So, wie Gullivers Stimme klang, war er in London und als sein Alter Ego C.C. Gull unterwegs. Gullivers Persönlichkeit war unmittelbar mit den Orten verknüpft, an denen er sich gerade befand. Als gefeierter Landschaftsarchitekt der boomenden neunziger Jahre hatte er mit spektakulären Gärten für Hotels und die Schönen und Reichen auf sich aufmerksam gemacht. Extrovertiert, bunt gekleidet, seine Gestik und Mimik immer so übertrieben, wie bei einem Schauspieler auf der Bühne, der noch in den letzten Reihen gesehen werden möchte. In Rosehaven, wo er vor Jahren das alte Pfarrhaus mit seinem verwunschenen, von hohen Mauern umgebenen Garten gekauft hatte, trat er als Gulliver auf, der elegante Anzüge in gedeckten Farben trug, ein unauffälliges und klares Oxford-Englisch sprach und am liebsten an Mr Kelvins Theke saß und Kreuzworträtsel löste. Ganz der englische Gentleman im Ruhestand. Mags hatte ihn in dieser Rolle kennen- und lieben gelernt. Aber wenn er in London war oder Aufträge für Blake & Gull an Land zog, wechselte er die Persönlichkeit wie andere Menschen ihre Socken. Mags war zuerst zurückgeschreckt vor C.C. Gulls Überschwang, aber hatte dann nach und nach auch diese Seite ihres Freundes zu schätzen gelernt. Auf jeden Fall war sie nützlich.

»Liebes! Sag doch etwas? Wo bist du denn gerade?«

Mags lachte.

»Immer noch, oder besser: schon wieder in St Mawgan. Du weißt, das Dorf, von dem ich dir erzählt habe.«

»Ah. Tim.«

Gullivers Stimme war innerhalb eines Augenblicks von Überschwang zu Mitgefühl umgesprungen.

»Wie geht es Mary?«

»Nicht gut. Wir versuchen, noch mehr herauszufinden. Aber das erzähle ich dir lieber ein anderes Mal. Warum rufst du an?«

Sie hörte es rascheln und stellte sich vor, wie Gulliver in seiner Wohnung in London am Fenster stand und hinaussah.

»Also …«

Was immer es war, er wollte es anscheinend spannend machen. Mags merkte, wie sie feuchte Hände bekam. Sie wusste, worum es gehen könnte.

»Sitzt du?«

»Ja, tue ich. Jetzt erzähl schon. Was ist los?«

»Das ehrenwerte und äußerst innovative Duo Blake & Gull… Das sind wir, Schätzchen, ich bin innovativ, du bist ehrenwert. Mach dir nichts draus.«

»Gulliver! Was ist mit uns?«

»Das ehrenwerte Duo ist hiermit offiziell eingeladen, im nächsten Jahr einen Garten auf der Chelsea Flower Show zu entwerfen.«

Mags konnte es nicht glauben.

»Wir sind dabei!«

»Aber natürlich! Hast du jemals daran gezweifelt?«

Mags schnaubte und wusste nicht, ob sie gleich losjubeln oder weinen sollte. Gulliver hatte gut reden, er war selbst schon einmal auf der Show vertreten gewesen, erfolgreich. Aber für Mags war es, für sie war es …

»Bis du noch dran?«

»Ja, ja. Ich glaube, ich muss erst einmal, ich bin völlig …«

Gulliver lachte und nun klang seine Stimme wieder nach Pfarrhaus und alten Rosen und maßgeschneiderten Anzügen.

»Mags, hol Luft. Lass es erst einmal ankommen. Geh zu deinem Mann und lass dich in den Arm nehmen. Ich komme am Sonntag wieder zurück nach Hause und dann können wir zusammen feiern, ja?«

»Ja.«

Gulliver hatte aufgelegt, und Mags ließ sich, immer noch völlig überwältigt von den Neuigkeiten, gegen die Lehne der Bank sinken. Die Flower Show. London. Die besten Gärtner des Landes. Millionen Besucher. Sie zwang sich, langsam zu atmen und spürte trotzdem, wie ihr die ersten Tränen über das Gesicht liefen.

»Mrs Blake?«

Eine Stimme riss sie aus ihren Träumen. Vor ihr stand Mrs Porter.

»Mögen Sie die Texte ihres Mannes nicht?«

Mags lachte und wischte sich die Tränen aus den Augenwinkeln.

»Doch. Aber es gab einen Anruf, und ich will nicht wieder rein und alle stören.«

»Schlechte Nachrichten?«

»Oh nein. Nein, im Gegenteil. Es ist nur, es passiert gerade so viel auf einmal und ...«

Mags schnäuzte sich und versuchte, sich zusammenzureißen.

»Und was machen Sie hier draußen? Kein Fan meines Mannes?«

Mrs Porter wurde kurz rot, aber sah dann wohl das Zwinkern in Mags Augen und lächelte erleichtert.

»Ich brauchte einfach Luft. Ich mag es nicht, mit so vielen Menschen in einem Raum zu sein. Hier draußen ist es mir lieber. Und zugegebenermaßen lese ich Bücher lieber selbst, als sie mir vorlesen zu lassen. Aber in so einem kleinen Dorf wie dem unseren gehört es einfach dazu, eine solche Veranstaltung zu unterstützen. Und Ihr Mann hat eine schöne Stimme.«

Mags lächelte nur, rückte zur Seite und Mrs Porter ließ sich neben ihr auf die Bank sinken.

»Es ist erstaunlich kühl, oder?

Sie öffnete ihre Tasche und holte ein großes Tuch hervor, das mit einem feinen, an Batik erinnernden Muster versehen und von silbernen Fäden durchwirkt war.

»Das ist aber ein wunderschönes Tuch.«

Mags bewunderte die blaue Farbe und die fast wie gestanzt wirkenden weißen Muster auf dem Stoff.

»Oh ja, nicht? Es stammt aus Japan, und ist in einer sehr traditionellen Art und Weise gefärbt. Man nennt es Shibori. Die Auslassungen kommen durch Faltungen zustande. Also fast wie beim Batiken, nur, dass das Seidentuch viele, viele Male gefaltet wird, bevor es dann schließlich gefärbt wird. So entstehen die vielen kleinen

Muster. Die Künstlerin hat mir gesagt, die silbernen Fäden sollen an den Mond erinnern, der sich auf einem Teich spiegelt.«

Sie ließ das Tuch noch einmal durch ihre Finger gleiten und Mags sah, wie es im Sonnenlicht funkelte.

»Die Idee, einen Moment einzufangen, der gleichzeitig vergänglich und zeitlos ist, ist etwas sehr Japanisches. Wissen Sie, was Haiku sind? Das sind sehr kurze Gedichte, die eine bestimmte Form einhalten. In den Übersetzungen geht leider immer etwas verloren.«

Mrs Porter räusperte sich etwas verlegen, aber als sie das Gedicht rezitierte, war ihre Stimme warm und fest:

»*Unter dem Sommermond besuchen Sie die Gräber und genießen die Kühle.*«

Sie ließ die Zeilen in der warmen Abendluft ausklingen.

»Das ist ein Haiku von Issa, das er um 1800 geschrieben hat, glaube ich. Es ist also über 200 Jahre alt. Und trotzdem ...«

»Das ist sehr schön.«

Die beiden Frauen schwiegen friedlich miteinander. Mags versuchte, nicht an das nächste Jahr zu denken. Im Hier und Jetzt zu bleiben, erschien ihr gar nicht die schlechteste Idee. Sonst würde ihr die Panik die Kehle zuschnüren. Sie wühlte in ihrer Tasche nach einem Tuch, als ihr die Blüte in ihrem Kalender wieder einfiel. Sie holte sie heraus und zeigte sie Mrs Porter.

»Ich habe die Blüte schon in ihrem Garten bewundert und vorhin dann auch auf Dianas Grab gefunden. Diese hier war auf den Weg gefallen, und da habe ich sie eingesteckt. Können Sie mir sagen, von welchem Baum sie stammt?«

Mrs Porter starrte auf die Blüte in Mags Hand.

»Mrs Porter?«

»Oh, Entschuldigung. Das ist eine japanische Strauch-Spiere. Aber eine eigens gezüchtete Sorte mit diesen so weißen Blütenblättern. Ich habe sie in einem Garten in Hokkaido gesehen, und der Gärtner war so freundlich, mir einen Ableger zu schenken. Er hat ihr einen Namen gegeben, der in etwa Mondblüte bedeutet.«

Mrs Porter schwieg wieder und Mags konnte ihren Gesichtsausdruck nicht deuten.

»Es tut mir sehr leid, dass Sam und ich Ihnen und Ihrem Mann gegenüber unehrlich waren. Aber alles, was ich über Ihren Garten gesagt habe, stimmt.«

Mrs Porter sah sie ruhig an.

»Sie meinen wirklich, wir sollten ihn für Besucher öffnen?«

»Oh ja. Aber dafür sollten Sie beide es wollen, oder?«

»Mein Mann wird dem nie zustimmen.«

Darauf wusste Mags nichts zu sagen.

»Ich habe über sie gelesen.«

Mags zuckte zusammen. Seit der öffentlichen Suche nach ihrer Mutter und den Schlagzeilen, die ihr Autounfall und die Verhaftung eines ranghohen Beamten mit sich gebracht hatten, war es Gott sei Dank wieder etwas stiller um sie geworden. Aber trotzdem wusste sie, dass jeder, der im Netz unterwegs war, mit wenigen Klicks die ganze Geschichte lesen konnte. Aber Mrs Porter schien etwas anderes zu meinen. Zum Glück.

»Sie haben Ihre eigene Firma, oder? Erfolgreich, wenn ich es richtig sehe.«

Mags wusste wieder nicht, was sie sagen sollte.

»Es stimmt, oder? Dann haben Sie auch Geld, oder? Eigenes Geld?«

Mags beschloss, einfach zuzuhören. Sie könnte Mrs Porter erklären, dass ein großer Teil ihrer Firma der Bank gehörte, dass das Cottage, in dem sie und Sam lebten, ebenfalls noch über Jahre abbezahlt werden musste. Aber das war es ja nicht, worum es Mrs Porter anscheinend ging.

»Sehen Sie, ich habe kein Geld. Ich habe zwar eine Karte für sein Konto, aber mein Mann kann sehen, was ich abhebe oder kaufe. Sie denken, ich bin reich, richtig? Habe das große Haus, teure Kleidung, einen riesigen Garten, der sicherlich ohne Rücksicht auf Kosten und Mühen angelegt wurde.«

Mags schwieg weiterhin, aber musste innerlich schon zustimmen. Genau das hatte sie beim ersten Treffen mit Mrs Porter gedacht. Sie hatte eine reiche Frau gesehen.

»Mein Mann hat damals zugestimmt, dass ich den Garten anlegen kann. Zu-ge-stimmt. So wie er zustimmt, wenn ich mir einen neuen Mantel kaufe oder …«

Sie brach ab.

»Entschuldigen Sie. Das Wetter macht mich ganz unleidlich und …«

Sie stand auf und wickelte sich das Tuch wie einen Schal um den Hals.

»Besuchen Sie und Sam mich doch morgen ein letztes Mal. Wir können einen Tee zusammen trinken.«

Mags war erstaunt. Sie hätte nicht damit gerechnet, noch einmal den Garten der Porters betreten zu dürfen.

Auf Mrs Porters Gesicht legte sich ein merkwürdig intensives Lächeln.

»Oder besser noch ich bereite für Sie den Tee in einer Zeremonie zu. In meinem Teehaus. Eine Freundin hat mir vor einigen Wochen einen traditionellen Matcha Tee geschickt, und ich würde ihn gerne für Sie und Ihren Mann zubereiten.«

Sie zögerte und legte Mags dann vorsichtig ihre Hand auf die Schulter.

»Es tut mir leid, dass mein Mann vorhin so wütend geworden ist. Es war einfach alles sehr viel. Durch Edgars Tod sind alle Erinnerungen an Diana wieder hochgekommen. Uns wurde von einigen Leuten berichtet, dass Sie und Ihr Mann überall Fragen nach Edgar und Diana und nach der ganzen fürchterlichen Geschichte damals gestellt haben, und ich glaube, er war einfach sehr, sehr aufgewühlt.«

Sie sah auf die Blüte, die Mags immer noch in ihrer Hand hielt.

»Es gibt Dinge, die besser in der Vergangenheit bleiben sollten, oder?«

Sie wartete keine Antwort ab und richtete sich energisch auf.

»Auf jeden Fall fände ich es gut, wenn Sie an meinen Garten mit einer friedlichen Erinnerung denken.«

Mags, die von der Welle der Einsamkeit, die Mrs Porter ausgestrahlt hatte, noch fröstelte, nickte nur.

»Gern.«

23

Aus der Bücherei war das Lachen der Zuschauer zu hören. Mags wusste, dass Sam lustig sein konnte, aber einen ganzen Raum zum Lachen zu bringen, war schon etwas anderes. Sie überlegte kurz, wieder hineinzugehen, als der Wind ihr wieder Würstchengeruch um die Nase wehte. Sie merkte, wie ihr schlecht wurde, dann verschwamm ihr Blick und ihr wurde schwarz vor Augen. Wie durch Watte hörte sie Schritte auf dem Weg und dann eine Stimme. Mrs Porter.

»Hol bitte Dr. Harris. Und sagt Mr Hawthrone Bescheid.«

»Nein!«

Sie versuchte, sich aufzurichten, aber wieder wurde ihr schwindlig. Verdammt!

»Bitte, lassen Sie ihn lesen. Bitte.«

Mrs Porter sah sie nachdenklich an und nickte nur. Dann wandte sie sich wieder an jemanden, der hinter ihr stand. Mags konnte dicke Turnschuhe, dünne Knöchel und sehr enge Hosenbeine sehen. Einer der Jugendlichen aus der Bücherei.

»Dann nur Dr. Harris. Unauffällig, wenn möglich.«

Dankbar sank Mags zurück. Sie versuchte, langsam und gleichmäßig zu atmen. Dann setzte sie sich auf, auch wenn Mrs Porter protestierte.

»Es geht schon wieder, wirklich. Ich …«

Sie wurde von einer neuen Welle Übelkeit erfasst.

»Na, Sie sind umgefallen, sagt Britt hier?«

Mags setzte sich wieder auf, schwankte und wurde von einer erstaunlich kräftigen Hand gestützt.

»Na, na, immer langsam.«

Mags nickte und schloss wieder die Augen, da die Welt immer noch nicht ganz aufgehört hatte, zu schwanken. Sie spürte, wie kühle Finger ihren Puls ertasteten.

»Sie sind Ärztin?«

»Ja. Dr. Harris, angenehm.«

»Mags Blake.«

»Mrs Blake, wissen Sie, warum Ihnen so schwindelig geworden ist?«

Mags seufzte, öffnete die Augen und nickte dann langsam.

»Ja. Ich habe da seit einigen Tagen eine Vermutung.«

Von der Frau, die nun neben ihr auf der Bank saß und sie fragend ansah, hatte Mags bereits gehört. Gekleidet in ein Kostüm aus Tweed mit Rock, weißer Bluse mit besticktem Kragen, passender Weste und Jackett sah sie aus, wie sich jeder Macher einer BBC-Reihe eine Landärztin vorstellen würde. Sogar der breite lederne Arztkoffer, der zu ihren Füßen stand, passte ins Bild.

Der fragende Blick war nicht unfreundlich, und Mags meinte, in den Augenwinkeln der Frau die Andeutung eines Lächelns zu sehen.

»Nur eine Vermutung?«

»Naja, ich glaube, so langsam ist es mehr als das.«

Die Ärztin lachte leise auf.

»Ah, das beruhigt mich.«

Sie lehnte sich gemütlich zurück.

»Atmen Sie einfach ruhig ein und aus. Besser nicht die

Augen schließen, sondern suchen Sie sich etwas, vielleicht den komischen Baum da hinten, das Sie anschauen können. Wenn Ihnen in Zukunft wieder schwindelig oder schlecht wird, was ich leider vermute, setzen Sie sich bitte einfach auf den Boden. Nicht auf einen Stuhl oder auf eine Bank, ja? Sondern direkt auf den Boden. Von dort aus fällt es sich im Zweifelsfall weniger tief und damit ungefährlicher, ja?«

Mrs Porter kam wieder zu ihnen, ein Glas Saft in ihrer Hand.

»Soll ich einen Krankenwagen rufen?«

»Nein!«

Mags wurde bei dem Gedanken daran blass. Aber zum Glück schüttelte auch die Ärztin ihren Kopf.

»Nein Suzanne, danke. Wir brauchen ihn nicht. Mrs Blake hier ist gleich wieder auf dem Damm. Geht doch wieder zur Lesung. Mrs Blake und ich werden hier einfach noch etwas sitzen und warten, bis ihr Mann fertig ist.«

Suzanne Porter war ihre Skepsis anzusehen, aber so wie es aussah, war Dr. Harris eine Autorität im Dorf, der man nicht widersprach. Sie erinnerte Mags, trotz des doch völlig anderen Äußeren, an Miss Clara.

Als sie alleine waren, sah Dr. Harris Mags dann auch gleich ebenso streng an.

»Sie sollten in Zukunft darauf achten, immer etwas zu trinken oder zu essen bei sich zu haben. Eine Banane, einen Apfel, etwas Saft. Und gehen Sie am Montag zu Ihrer Ärztin oder Ihrem Arzt. Und erzählen Sie dort, dass Sie unter Schwindelanfällen leiden. Und Übelkeit wahrscheinlich?«

Mags nickte.

»Erzählen Sie auch das. Sie werden einige Tests über sich ergehen lassen. Wichtige Tests. Sie haben jetzt die Verantwortung, verstehen Sie das?«

Mags merkte, wie ihr bei dem Gedanken schon wieder leicht schwindelig wurde, nickte aber. Dann dachte sie daran, wie sie es Sam erzählen würde, und in ihr breitete sich eine große Wärme aus. Sie spürte, wie ihr Gesicht zu strahlen begann.

»Ja. Das werde ich. Danke.«

»Keine Ursache. Wenn Sie wüssten, wie viele der Dorfbewohner immer noch einfach vor meiner Türschwelle stehen, wenn ihnen etwas fehlt ... Ich bin jetzt seit drei Monaten in Pension, aber da es keinen Nachfolger gibt, scheint es, als müsste ich trotzdem weitermachen.«

Mags dachte an den Arztkoffer, der zu Dr. Harris Füßen stand und den sie folglich mit zur Lesung gebracht haben musste. Wahrscheinlich war die Frage nicht ganz unberechtigt, wer wen mehr vermisste. Die Dorfbewohner Dr. Harris oder Dr. Harris ihre Arbeit.

»Sie verpassen die Lesung.«

Dr. Harris nickte.

»Ja. Aber ich denke, ich werde mit einem signierten Exemplar des Buches entschädigt werden.«

»Ja. Mit so vielen Büchern, wie sie wollen.«

Dr. Harris gluckste.

»Na, eines reicht mir schon.«

Mags spürte noch keine Eile, die Bank zu verlassen. Und außerdem wollte sie sichergehen, dass ihre Beine dabei mitspielten. Und auch Dr. Harris schien zufrieden damit, in der warmen Abendsonne zu sitzen und den Vögeln zuzuschauen, die langsam aus den Verstecken kamen, in denen sie sich tagsüber vor der Hitze geschützt hatten.

»Kannten Sie Edgar McCallum?«

»Ah, ich habe schon gehört, dass Sie deswegen hier sind.«

Mags fragte sich, woher. Aber nach dem Gespräch mit den drei Männern im Pub und mit Miss Morris war es wohl offensichtlich.

»Ja, schon seitdem er ein junger Mann war. Er und seine Schwester sind als Teenager zu den Porters gezogen. Ich denke, ich kann mit Fug und Recht behaupten, dass ich jeden hier im Dorf kenne. Warum fragen Sie nach Edgar?«

»Tim Robinson, der Mann, der Edgar an dem Abend ...«

Sie brach ab.

»Tim ist ein Freund. Wir wollten verstehen, was hinter dem Streit der beiden steckte.«

»Warum fragen Sie dann nicht ihren Freund selbst?«

»Weil er es uns nicht erzählt. Weil er gar nicht mit uns spricht.«

Und für sich selbst fügte Mags noch hinzu: Und weil er nur darauf wartet, wieder so weit wegzulaufen, wie es ihm möglich ist.

Sie sah Dr. Harris nachdenklich an.

»Wir wissen, dass Edgars Schwester Diana damals mit Tim zusammen war. Wir wissen, dass die beiden sich gestritten haben und Diana kurz danach einen tödlichen Unfall hatte. Edgar hat Tim die Schuld gegeben. Aber es gibt einige – Ungereimtheiten.«

»Die Polizei hat mir einige Fragen gestellt. Ich vermute, Sie wissen, worüber?«

Dr. Harris sah Mags abwägend an.

»Blutverdünner.«

»Ja. Ich verstehe nicht, warum Edgar sie nahm, er war gesund. Er hätte irgendwann wahrscheinlich Probleme mit der Galle und der Leber bekommen, und, wenn er nicht kürzergetreten wäre, auf jeden Fall ein Magengeschwür. Aber um das zu sehen, muss man keine Ärztin sein. Er war groß, übergewichtig und an guten Tagen nur die Hälfte der Zeit wütend oder aufgebracht. Er hatte ein cholerisches Gemüt, hätte meine Mutter gesagt.«

Der Blick der Ärztin wurde weicher, und es schien kurz, als würde sie sich in Erinnerungen verlieren. Aber dann sah sie Mags an.

»Ich weiß nicht, ob es Ihnen oder Ihrem Freund helfen wird. Aber ich kann noch eine weitere Ungereimtheit hinzufügen.«

Mags merkte auf.

»Wissen Sie, dass Sie und Diana etwas gemeinsam hatten?«

Mags war kurz verwirrt, dann verstand sie, was die Ärztin ihr sagen wollte.

»Oh. Oh nein.«

»Doch. Sie war bei mir kurz vor ihrem Unfall.«

Mags dachte nach.

»Wusste es jemand?«

»Ihr Bruder anscheinend all die Jahre nicht. Er hat wie viele vor drei Monaten seine Unterlagen bei mir abgeholt. Wir haben allen Patienten ihre Akten mitgegeben, damit sie sie an ihre neuen Ärzte weitergeben können.

Wobei die es wahrscheinlich gar nicht mehr gewohnt sind, mit Papier zu arbeiten.«

»Und da hat ihm meine Sprechstundenhilfe wohl auch einfach die alte Akte seiner Schwester mitgegeben. Sie hat nicht lange darüber nachgedacht. Eigentlich hätte sie das nicht tun dürfen. Er rief mich später an und fragte mich, ob es stimmte. Er war sehr erschüttert. Ich frage mich …«

Aber was sich Dr. Harris auch fragte, sie verstummte, da jetzt die Türen der Bücherei aufgingen, und die ersten Zuhörer hinausströmten, gefolgt von Sam, der mit besorgter Miene auf Mags zueilte.

»Beruhigen Sie erst einmal Ihren Mann. Und dann erzählen Sie ihm, was Sie vermuten. Aber achten Sie darauf, dass er dabei besser sitzt. Sonst werde ich nachher noch mal kommen müssen.«

Sie drückte Mags Hand.

»Und wenn noch einmal etwas ist, Sie wissen ja, wo sie mich finden können. Und …«

Sie beugte sich zu Mags hinunter und sprach so leise, dass es kein anderer hören konnte.

»Herzlichen Glückwunsch.«

24

Mags hatte Mary und Phyllis Armstrong gebeten, sie auf dem Parkplatz unweit der Küstenstraße nach Newquay zu treffen. Was zum einen den Vorteil hatte, dass die Wahrscheinlichkeit, auf jemand Bekannten zu treffen, sehr gering war. Wenn die Küstenstraße in den Sommermonaten von Touristen überschwemmt wurde, mieden die Einheimischen sie weitgehend. Und zum anderen würde Mags so endlich zu dem Softeis kommen, nach dem sie sich seit Tagen sehnte.

Nachdem sie sich unter dem ungeduldigen Blick von sowohl Phyllis Armstrong als auch ihrer Freundin Mary ein riesiges Eis geholt hatte, setzten sie sich an einen der Holztische, die in sicherer Entfernung zu den Klippen aufgestellt waren. Der Ausblick auf das Meer und die Brandung war einfach atemberaubend und Mags konnte schon verstehen, warum die Besucher aus aller Welt hier anhielten und Fotos über Fotos machten. Mags leckte an ihrem Eis und fasste zusammen, was sie von Dr. Harris erfahren hatte.

»Zwei Tage vor ihrem Tod war Diana McCallum in der Praxis von Dr. Harris. Sie war schwanger.«

Phyllis Armstrong wollte etwas sagen, aber Mags schüttelte den Kopf.

»Das ist noch nicht alles: Drei Monate vor seinem Tod hat Edgar McCallum durch Zufall die alten medizinischen Unterlagen seiner Schwester bekommen und es dadurch erfahren. Er wusste vorher nichts davon und ich kann mir vorstellen …«

Mary, die mit großen Augen zugehört hatte, unterbrach Mags.

»… dass er deshalb Kontakt zu Tim aufgenommen hat?«

Mary stand auf und stieß einen heftigen Fluch aus.

»Ich drehe Tim den Hals um. Warum hat er mir nichts gesagt? Edgar muss ihm von Dianas Schwangerschaft erzählt haben. Deswegen haben die beiden im Pub gestritten. Das muss es sein!«

Sie ging mit geballten Fäusten einige Schritte in Richtung Klippen, und Mags sah ihr mitfühlend hinterher.

»Oh, wie fürchterlich. Tim nach all den Jahren zu erzählen, dass er in dieser Nacht nicht nur seine Verlobte, sondern auch sein ungeborenes Baby …«

Mary drehte sich um, und Mags konnte nun sehen, wie wütend ihre Freundin wirklich war.

»Eben nicht. Nicht *sein* Baby. Tim kann keine Kinder zeugen. Er hatte als Kind eine schwere Mumpsinfektion, die sich ausbreitete. Wir haben darüber gesprochen und …«

Sie brach ab, und ihre Stimme zitterte immer noch vor Wut.

»Tim konnte definitiv nicht der Vater sein. Er hat sich erst im letzten Jahr testen lassen, und das Ergebnis war eindeutig.«

Phyllis Armstrong, die neugierig, aber ansonsten ohne große Regung zugehört hatte, nahm den Faden wieder auf.

»Sie glauben also, Edgar McCallum erzählte Tim Robinson von dem Baby. Er glaubt, Tim sei der Vater gewesen. Und er wollte damit was? Tim einen Tiefschlag versetzen?«

Mags sah zu Mary, die sich wieder umgedreht hatte und aufs offene Meer starrte.

»Ja, anzunehmen. Edgar hat Tim gehasst. Er hat ihm die Schuld am Tod seiner Schwester gegeben. Das haben uns Edgars Freunde bestätigt. Und dann muss Tim Edgar gesagt haben, dass er nicht der Vater gewesen sein kann.«

»Und Edgar hat ihn angeschrien, dass er ihm das nicht glaube.«

Mags erinnerte sich an die Aussage der Freunde. Mary nahm den Faden wieder auf.

»Beide werden lauter. Der Wirt wirft sie raus. Edgar, der betrunken ist, beschuldigt Tim erneut, an Dianas Tod und dem des ungeborenen Babys schuld zu sein …«

»Und Tim schlägt zu. Nicht wissend, dass für Edgar aufgrund der Blutverdünner jeder Schlag tödlich sein kann.«

Phyllis Armstrong lehnte sich zurück.

»Damit hätten wir eine plausible Erklärung dafür, warum Edgar Tim eingeladen hat. Und warum die beiden sich gestritten haben.«

Mary hatte sich wieder an den Tisch gesetzt.

»Und wir wissen noch eine Sache mehr. In Dianas Leben muss es einen anderen Mann gegeben haben.«

Sie schüttelte den Kopf.

»Und Tim schweigt. Aus Schuld. Wahrscheinlich ist das seine Idee davon, Buße zu tun.«

Mags dachte an Tims Gesichtsausdruck vor dem Hangar. Mary hatte recht, Tim bestrafte sich. Er hielt sich für schuldig an Dianas Tod vor zwanzig Jahren und nun auch an Edgars. Er würde weiterhin schweigen. Aber es gab nun mal eine Sache, die immer noch im Dunkeln lag. Sie sah zu CI Armstrong.

»Halten Sie und die Gerichtsmediziner es für möglich, dass jemand Edgar absichtlich Blutverdünner gegeben hat, damit er tödlich verletzt wird? Mir geht das geplante Rugbyspiel nicht aus dem Kopf. Gegen das, was Edgar da abbekommen hätte, waren die Schläge von Tim wahrscheinlich eher harmlos.«

Phyllis nickte.

»Die Ärzte sagen, die Folgen des Spiels hätten ihn mit sehr hoher Wahrscheinlichkeit ebenfalls getötet. Ein Schlag in den Magen, ein Sturz mit ausreichend Geschwindigkeit. Obwohl ich Ihnen nicht zustimmen kann, dass Schläge gegen eine wehrlose Person jemals als harmlos bezeichnet werden können. Ihr Freund Tim hätte sich niemals auf eine Schlägerei einlassen dürfen, er hätte weggehen sollen und können.«

Mags wurde rot.

»So habe ich das nicht gemeint.«

»Sicher?«

Phyllis stand auf.

»Mich würde doch sehr interessieren, wer noch wusste, dass Diana schwanger war. Oder ob Edgar McCallum es vor Tim noch jemandem erzählt hatte.«

Dann schaute sie Mary länger an und legte ihr schließlich zögerlich kurz die Hand auf die Schulter.

»Aber Sie, Miss Shifter, sollten einen Abschluss finden. Egal, was passiert, es wird sie sonst auffressen. Ich habe ihren Freund im Verhörraum gesehen. Er hat aufgegeben. Und ich bezweifle, dass er da wieder rauskommt. Vielleicht hilft es Ihnen, die ganze Geschichte zu verstehen, wenn Sie die letzten Rätsel lösen. Aber ich, ich kann Ihnen nur raten, Ihren Freund loszulassen.«

Ihre Stimme wurde leiser, verlor aber nicht an Intensität.

»Für den Tod eines Menschen auf diese Art und Weise verantwortlich zu sein, das wird er für immer mit sich tragen. Es gibt Dinge, die nicht wieder gut werden können. Lassen Sie ihn gehen.«

Damit drehte sie sich um und ging zu ihrem Auto.

Mags hatte schweigend zugehört, dann drückte sie ihr halb gegessenes Eis schnell der nach diesen Sätzen sprachlosen Mary in die Hand und lief hinter der Polizistin her.

»Phyllis?«

»Für Sie CI Armstrong. Immer noch.«

Mags verdrehte die Augen.

»Hat Ihr Team bei Edgar in der Wohnung nicht auch die ärztlichen Unterlagen seiner Schwester gefunden? Sie müssen doch schon vor mir von der Schwangerschaft gewusst haben. Edgar hat die ganzen Unterlagen vor einigen Monaten aus der Praxis von Dr. Harris mitgenommen. Zusammen mit seiner eigenen Patientenakte.«

Damit hatte sie CI Armstrongs Interesse geweckt.

»Das hat er?«

»Ja, so hat es mir Dr. Harris erzählt.«

»In Edgar McCallum Wohnung waren keinerlei ärztliche Unterlagen. Nach dem Ergebnis der Obduktion habe ich meine Leute noch mal gezielt nach so etwas suchen lassen. Wir wollten ja wissen, wo die Blutverdünner herkamen. Eine medizinische Akte hätten wir gefunden. Darauf lag der Fokus der Suche. Weder seine Akte noch die seiner Schwester war dort. Das wäre mir berichtet worden.«

»Wenn Sie nicht da sind, wo sind sie dann? Oder vielleicht sollten wir fragen – wer hat sie?«

Phyllis Armstrong dachte nach.

»Das sind jetzt schon zwei Ungereimtheiten. Die sauber gewischten und scheinbar unsinnigen Tabletten in der Wohnung des Opfers, und nun auch noch die fehlenden Unterlagen.«

Sie sah Mags berechnend an.

»Bringen Sie mir noch irgendetwas, möglichst Handfestes, dann schaffe ich es, den Fall wieder auf den Tisch zu bringen.«

25

Ein leichter Nieselregen hatte eingesetzt, als Sam und Mags am nächsten Abend das *Riverside Inn* betraten. Sie waren noch einmal nach St Mawgan gefahren, um Mrs Morris für die Lesung, die ein voller Erfolg gewesen war, zu danken. Und Mags hatte Dr. Harris das versprochene Buch vorbeigebracht.

»Wie willst du es anstellen?«

Mags hatte sich in eine der letzten freien Nischen an der Fensterseite gequetscht. Sam versuchte wieder einmal, seine Beine unter dem für ihn viel zu niedrigen Tisch zu arrangieren.

»Fragen?«

Mags schnaubte.

»Auf die Idee wäre ich ja nicht allein gekommen. Ich meine, du kannst ja schlecht zu Magnus Grant gehen, dich über den Tresen lehnen und ihn fragen, ob er zufällig vor zwanzig Jahren Diana McCallum geschwängert hat.«

Mags hatte Sam von ihrem Gespräch mit Chief Inspector Armstrong erzählt und sie hatten beschlossen, ihr Glück noch einmal zu versuchen. Wenn Diana schwanger gewesen war und Tim als Vater ausgeschlossen werden konnte, dann musste es einen anderen Mann gegeben haben. Und als Erstes fielen ihnen da die drei Männer ein, die ihnen im Pub gegenübergesessen und zugegeben hatten, alle in Diana verliebt gewesen zu sein.

»Naja, vielleicht nicht ganz so direkt fragen.«

Sam griff nach der Speisekarte.

»Du musst eh erst einmal etwas essen.«

Mags verdrehte die Augen.

»Wenn du jetzt schon anfängst, mich zu betüddeln, dann graut mir vor den nächsten Monaten.«

Sam ließ sich nicht beeindrucken.

»Schokodrops sind kein Ersatz für eine vollwertige Mahlzeit.«

»Sagt Mr Ich-verstecke-einen-Haufen-Schokoriegel-in-meiner-Schreibtischschublade …«

»Du hast meine Schokoriegel gefunden?«

Mags lachte.

»Nein. Das war nur ein Schuss ins Blaue. Aber manchmal kommst du morgens aus deinem Arbeitszimmer und hast verdächtige Spuren an deinen Mundwinkeln.«

Sam lachte und schob ihr eine der Speisekarten zu.

»Dann sollten wir einfach beide in Zukunft darauf achten, vernünftig zu essen, ja?«

Ihre Teller waren schon halb leer, als Magnus Grant zu ihnen an den Tisch kam.

»Na, euch beide sieht man ja hier im Dorf gerade öfter als so manche Einwohner. Was bringt euch erneut zu uns?«

»Die zauberhafte Mrs Morris, ich habe mich bei ihr für die Lesung bedanken wollen.«

Magnus Grant lachte.

»Zauberhaft? Nun gut, ihr habt sie nicht kennengelernt, wie sie euch mit dem Besen aus der Bücherei gescheucht hat, nur, weil ihr vielleicht versucht habt, ein oder zwei Bilder aus einem Buch auszuschneiden.«

Sam schaute Magnus wahrscheinlich ebenso empört an, wie Mrs Morris es getan hatte, und Mags lachte.

»Wir haben einmal in der Kirche sämtliche Gemeindebriefe mitgehen lassen, um Material für unsere Staffel an Papierfliegern zu haben. Der Pastor hat es sogar mit Humor genommen, aber die damalige Vorsitzende des Kirchenrates wahrlich nicht. Wir mussten wochenlang jedes Mal, wenn wir an ihrem Garten vorbeikamen, sprinten, um nicht von ihr erwischt zu werden.«

Das schien ihr Sympathiepunkte bei Magnus eingebracht zu haben. Er lehnte sich gegen den Balken der Nische und lachte.

»Ich könnte euch Geschichten erzählen … Wir hatten es damals wirklich faustdick hinter den Ohren. Ich weiß noch, wie wir bei unserem Dorfpolizisten in das Gartenhaus eingebrochen sind und …«

Er erzählte eine lange Geschichte, deren Pointe etwas mit einem Komposthaufen und einer Gummischlange zu tun hatte. Mags beobachtete Magnus Grant dabei genauer und wusste plötzlich, welcher Typ Mensch sich hinter dem Bart und den Sprüchen verbarg.

»Sie vermissen Ihre Kindheit und Jugend, oder?«

Magnus starrte sie an, für einen kurzen Moment aus dem Gleichgewicht gebracht.

»Tut das nicht jeder?«

Mags zuckt mir den Schultern. Sie vermisste ihre Jugend nicht, sie war zu unsicher gewesen, um es zu genießen und hatte dann mit 18 schon geheiratet, um dem Ganzen zu entkommen. Und ihre Kindheit hatte wirklich schöne Momente gehabt, war aber auch geprägt gewesen von dem Verschwinden ihrer Mutter und den unberechenbaren Launen ihres Vaters. Sie wusste, dass Sam schwere Zeiten an seiner Schule hinter sich hatte und erst in Oxford so richtig aufgetaut war. Aber jetzt lächelte er dem Wirt zu und nickte.

»Natürlich vermisse ich sie. Alles war viel einfacher und Freunde waren noch Freunde fürs Leben. Und am liebsten erinnere ich mich an Annie Lewis.«

Mags hatte zuerst nicht begriffen, was Sam vorhatte, aber jetzt verstand sie und spielte ihm den Ball wieder zurück.

»Annie Lewis – deine erste große Liebe? Wie alt warst du da? Zwölf oder Dreizehn?«

Sam machte ein beleidigtes Gesicht.

»Ich war Dreizehn und sie Vierzehn. Und wir haben uns Liebe bis in alle Ewigkeiten geschworen.«

Er sah Magnus an.

»Was in Annies Fall ziemlich genau drei Wochen dauerte.«

»Also meine erste große Liebe war Kevin Beckham, er war fünf Klassen über mir und wusste wahrscheinlich gar nicht, dass es mich gibt. Aber ich bin ziemlich froh darum, da er mich so auch nicht verlassen konnte.«

Mags grinste Sam an. Dann sah sie zu Magnus Grant auf.

»Und Ihre? Wie hieß Ihre große Liebe?«

Bevor der Wirt antworten konnte, hörten sie hinter ihm eine Stimme.

»Ja, Grant. Wer war deine große und einzige Liebe?«

Stanley Connor trat zu ihnen an den Tisch. Seine Haltung und seine verwaschene Aussprache machten deutlich, dass er mehr als ein Bier zu viel intus hatte.

Grant wich einen Schritt zurück und sah den Sicherheitschef wütend an.

»Stan – ich kann dich jederzeit hier rauswerfen. Also pass auf, was du sagst.«

Dann drehte er sich ohne einen weiteren Blick auf Sam und Mags um und war verschwunden.

Stanley bedeutete Sam zu rutschen und quetschte sich Mags gegenüber an den Tisch. Da er noch eine Anzughose und ein weißes Hemd trug, ging sie davon aus, dass er direkt von der Arbeit in den Pub gekommen war.

»Mr Connor.«

»Nennen Sie mich Stan. Das tun alle.«

Er nahm noch einen Schluck aus seinem Glas, und Mags konnte riechen, dass die Flüssigkeit darin kein Wasser war.

»Ihr solltet Grant wirklich nicht nach seiner ersten Liebe fragen. Nicht, wenn ihr weiterhin hier etwas zu essen oder zu trinken bekommen wollt.«

»Warum nicht?«

»Weil seine erste Liebe tot ist.«

»Diana McCallum.«

»Jep. Die schöne, schöne Diana.«

Stanley Connor trank noch einen Schluck.

»Grant war dumm, dass er die Wahrheit nicht gesehen hat.«

»Welche Wahrheit?«

»Dass Diana nur eines liebte, nämlich Diana.«

»Aber Sie haben doch auch gesagt, dass Sie sie schön fanden.«

Stanley Connor stieß ein Lachen aus.

»War sie ja auch. Äußerlich. Aber innerlich war sie …«

Er schaute in sein Glas, und Mags hörte das Ende seines Satzes kaum noch.

»Innerlich war sie kalt. Kalt wie Eis.«

Mags und Sam hatten noch einige Zeit versucht, Informationen aus Stanley Connor herauszubekommen, aber der hatte mittlerweile den Zustand überschritten, in dem er noch Sinnvolles von sich geben konnte.

Also ging Mags zur Theke und suchte Magnus Grants Blick.

»Ihr Freund Stan macht es heute nicht mehr lange.«

Der Wirt unterbrach seine Arbeit nicht.

»Ja, ich weiß. Er wird sich gleich eine ruhige Ecke suchen und einschlafen. Ich bringe ihn dann nachher nach Hause. Er wohnt nur zwei Straßen weiter.«

Mags zögerte.

»Das klingt, als hätten Sie einige Erfahrung damit.«

»Mit der Tatsache, dass sich Stanley einmal in der Woche hier im Pub zulaufen lässt? Meinen Sie das?«

»Ja.«

»Das geht nur ihn etwas an. Und wenn ich euch nicht noch etwas zu trinken bringen soll, dann muss ich jetzt weiterarbeiten, verstanden?«

26

Als Mags und Sam zu ihrem Auto gingen, fiel ihnen ein Mann auf, der sich außerhalb des Lichtkegels der Laternen an einem der geparkten Autos zu schaffen machte.

»Hey!«

Sam hatte über den Parkplatz gerufen, und sie konnten einen dumpfen Schlag hören, und dann, wie ein Schlüssel zu Boden fiel und jemand fluchte.

Überrascht sahen sie sich an, dann gingen sie in Richtung des Mannes.

»Tim?«

»Verdammt.«

»Was machst du denn hier?«

»Ich glaube, ich sollte eher fragen, was ihr hier verdammt nochmal macht?«

Tim hatte sich gegen die Mauer gelehnt, und rieb sich mit einer Hand die Stirn.

»Das gibt eine Beule.«

Mags sah, dass der Pilot immer noch tiefe Schatten unter den Augen hatte, aber nicht mehr betrunken zu sein schien. Sie musterte ihn kritisch.

»Wir haben zuerst gefragt. Und außerdem sind wir nicht durch die Nacht geschlichen. Also: Was machst du hier?«

Tim zog etwas aus seiner Jackentasche und hielt es hoch. Es war ein Schlüsselbund.

»Mein Auto abholen. Ich war mit dem Auto da, als …«

Er sah in Richtung Pub und wurde blass, riss sich dann aber zusammen. Seine Stimme klang gepresst, und Mags konnte seinen Schmerz fühlen.

»Ich wollte nicht wieder hierher. Nie. Aber ich brauche das Auto. Ich dachte, wenn ich in der Dunkelheit schnell auftauche und sofort wieder verschwinde, sieht mich keiner.«

»Wer hat dich gebracht? Mary?«

Sobald Mags den Namen ausgesprochen hatte, verdunkelte sich Tims Miene, und er schüttelte den Kopf.

»Nein. Ich habe Mr Smith gebeten, mich hier abzusetzen.«

Mr Smith war Rosehavens Mechaniker, Busfahrer und Notfall-Taxiunternehmer in Personalunion.

»Und nun zu euch. Was wolltet ihr von Stan und Magnus?«

Mags trat noch einen Schritt vor. Sie wollte Tims Reaktion sehen, wenn sie ihm ihre Antwort gab.

»Wir versuchen herauszufinden, mit wem Diana damals eine Affäre hatte.«

Tim zuckte zusammen, und es schien, als würde er kurz schwanken.

»Ihr wisst davon?«

»Ja. Und wir wissen auch, dass Diana schwanger war.«

Mags wusste, dass sie gerade nicht unbedingt feinfühlig war, aber sie hatte die Schnauze voll von Tims Weigerung, ihnen irgendetwas über den Abend zu erzählen.

»Oh.«

Tim sah von ihr zu Sam und drehte sich dann um.

»Nicht hier. Lasst uns ein Stück gehen.«

Er ging voran und sie schlugen den schmalen Weg ein,

der um die Häuser herum zum Fluss führte. Nach einigen hundert Metern stießen sich auf eine Bank, die sich an die Mauer eines Gartens schmiegte. Tim setzte sich ohne zu Zögern – und Mags wurde klar, dass er die Bank kannte, und den Fluss und das Dorf, und dass St Mawgan anscheinend für ihn so etwas wie ein Zuhause war. Ob er auch mit Diana hier gesessen hatte? Sie setzte sich neben ihn, Sam an ihrer Seite.

»Edgar hat dir in der Nacht davon erzählt, oder? Von Dianas Schwangerschaft. Deswegen habt ihr euch gestritten?«

Tim schüttelte den Kopf und strich sich müde mit beiden Händen über das Gesicht.

»Was? Nein. Wir haben schon einige Wochen vorher miteinander gesprochen. Er stand plötzlich bei mir auf dem Flugplatz und schrie mich an.«

»Er war bei dir?«

»Ja. Er war so wütend. Er hatte die Patientenakte von Diana und tobte vor Wut und Trauer. Er wollte wissen, ob ich davon gewusst hatte.«

»Und?«

Tim hielt die Augen geschlossen, es war, als würde er der Welt nicht mehr begegnen wollen.

»Ich war nicht der Vater. Ich konnte gar nicht der Vater sein. Edgar glaubte mir nicht, aber dann zeigte ich ihm meine Testergebnisse von vor einem Jahr. Mary und ich …«

Tim fuhr sich mit den Händen durch die Haare, bis sie wild in alle Richtungen abstanden.

»Ich wusste allerdings, dass Diana bei ihrem Tod schwanger gewesen war.«

»Woher?«

»Diana kam an dem Abend zu mir und erzählte es mir. Sie küsste mich und sagte, jetzt sei alles gut und wir könnten heiraten und zusammen weggehen aus St Mawgan.«

»Sie wusste nicht, dass du keine Kinder bekommen kannst?«

»Nein. Ich hatte es ihr nie erzählt. Ich hatte Angst, sie würde mich deswegen verlassen. Ich war jung, ich war stolz und dumm.«

Tim lachte, aber es war ein bitteres, hilfloses Lachen.

»Aber als sie es mir dann erzählte, und es so darstellte, als wäre ich der Vater, ihr erster und einziger Mann, da war ich völlig durch den Wind. Ich sagte ihr auf den Kopf zu, dass ich nicht der Vater sein konnte und wollte wissen, mit wem sie geschlafen hat. Ich war wütend, ich beschimpfte sie fürchterlich. Ich sah sie an und dachte nur, dass sie mich belogen hatte. Und Diana, sie schwieg einfach nur. Sagte nichts mehr, kein Wort. Sie zeigte keine Regung. Eiskalt. Keine Erklärung, keine Entschuldigung. Sie sah mich nur an und stieg dann in ihr Auto. Den Rest wisst ihr ja.«

»Und du hast das Edgar erzählt?«

»Ja. Irgendwann war er bereit, mir zuzuhören. Ich erzählte ihm alles, was in der Nacht passiert ist. Wie Diana mich angelogen hat, wie sie dann, als ich es ihr auf den Kopf zugesagt habe, aus dem Haus ging zu ihrem Auto. Ohne ein Wort zu sagen. Und dass …«

Er holte tief Luft.

»Und dass ich mir nie, nie verzeihen werde, ihr nicht trotz allem hinterhergerannt zu sein.«

Mags schwieg. Was sollte sie auch sagen. Aber die Frage, was Tim in all den Jahren, bevor er nach Rosehaven kam, von einem Ort zum nächsten getrieben hatte, war beantwortet. Schuldgefühle. Tim erzählte leise weiter.

»Edgar war wie vor den Kopf geschlagen. Seine kleine Schwester, sie war schon vor ihrem Tod für ihn unfehlbar gewesen. Und der General war noch schlimmer. Diana war sein kleiner Engel gewesen. So hat er sie immer genannt. Nach ihrem Tod machten der General und Edgar aus ihr eine Heilige. Und aus mir einen Teufel. Nachdem sich mein erster Schock gelegt hatte, bekam ich wirklich Angst. Angst, dass der General sich rächen würde, so oder so.«

Tim sah sie an.

»Daher denke ich, dass Edgar schon wusste, dass ich ihm die Wahrheit gesagt habe, aber er wollte es trotzdem nicht glauben. Er fuhr wütend ab, ich glaubte, er brauchte Zeit, um es zu akzeptieren. Aber einige Tage später rief er mich an. Er war am Boden zerstört, aber sagte, er würde rausfinden, wer der Mann gewesen sei, mit dem sie eine Affäre gehabt habe.«

Mags lehnte sich vor.

»Hatte er einen Verdacht? Hattest du einen Verdacht?«

»Nein.«

»Wir haben uns in Newquay getroffen, da war er sehr geheimnisvoll und meinte, er hätte eine Spur und ich müsse unbedingt zum Ehemaligentreffen kommen.«

Mags horchte auf. Das Ehemaligentreffen. Bei dem drei weitere der fünf Freunde von damals anwesend gewesen waren. Stanley Connor, Clarance Patel und auch

Magnus Grant, da das abendliche Zusammenkommen in seinem Pub stattgefunden hatte.

»Und er gab mir Dianas Patientenakte. Er sagte, er möchte, dass sie bei mir sicher ist. Er schien mir merkwürdig nervös und hektisch zu sein.«

Mags konnte es nicht glauben.

»Du hast die Unterlagen von Dr. Harris bei dir?«

Tim schüttelte den Kopf.

»Nein. Eben nicht mehr. Sie sind weg. Verschwunden. Ich habe mein ganzes Büro auf den Kopf gestellt. Sie sind weg. Ich verstehe es nicht.«

Mags versuchte sich zu erinnern.

»Da war keine Patientenakte in deinem Büro. Zumindest haben wir keine gesehen.«

»Was?«

Mags hatte keine Lust mehr, Rücksicht zu nehmen.

»Mary und ich haben, als du im Gefängnis warst, dein Büro durchsucht. Wir wollten wissen, was los ist. Aber da war keine Akte eines Arztes. Das hätte ich gesehen.«

»Ihr habt was?«

»Spar dir das. Du bist selbst schuld. Wenn du mit Mary geredet hättest ...«

Sie merkte, dass Sam sie erstaunt ansah. Normalerweise war sie nicht so harsch, aber heute Abend schien sie wenig Geduld zu haben.

Tim schien es zu akzeptieren.

»Dann ist sie entweder irgendwo dazwischen gerutscht – oder ...«

»Oder jemand hat sie mitgenommen. Jemand, der vor mir und Mary im Hangar gewesen sein muss.«

Sam stand auf.

»Es wird kalt. Wir sollten alle fahren. Heute werden wir keine Antworten mehr finden.«

Er sah zu Tim.

»Bist du völlig nüchtern?«

Als Tim nicht antwortete, trat Sam auf ihn zu.

»Dann gib mir deine Schlüssel, ich fahre dich. Mags, kannst du hinter uns herfahren?«

Mags verkniff sich eine Bemerkung und nickte nur.

»Natürlich.«

»Na, dann los, wir sind alle müde.«

Und während Mags vorsichtig durch die dunkle Landschaft den Lichtern von Tims Auto folgte, ging ihr ein Gedanke nicht aus dem Kopf:

Ohne ein Wort. Warum hatte Diana Tim nicht gesagt, wer der Vater war? Und warum war sie, mit dem Baby im Bauch, viel, viel zu schnell über die dunkle Landstraße gerast?

Der Fischreiher hatte sich auf seinem üblichen Platz am Rande des Gartens niedergelassen. Es war früher Morgen und das schmale Flusstal war mit einem dichten Nebel bedeckt, der sich erst später lichten würde und der ihm die Jagd zurzeit noch unmöglich machte. Gut für die Fische, schlecht für seinen Magen. Er nahm es mit der für seine Art typischen Gelassenheit. Vielleicht würde er oben im Garten an einem der Teiche noch einen Frosch finden. Fische gab es dort leider nicht mehr.

Während er unbeweglich saß und darauf wartete, dass sich die Welt um ihn herum bewegte, hörte er, wie jemand die Wege entlangging. Neugierig veränderte er den Winkel seines Kopfes. Seit der junge Mensch vor so langer Zeit morgens im Garten Tag für Tag geweint hatte, war niemand mehr so früh aus dem Haus gekommen. Nun hörte er Schritte, aber der Mensch musste ein anderer sein. Der Fischreiher konnte spüren, wie Alter und Gewicht auf den harten Boden des Weges stießen.

Doch wieder war der dunkle Fels Ziel des Menschen, und wieder wurde die Ruhe des Morgens durch ein Weinen gebrochen.

Der Fischreiher lauschte, öffnete dann seine Flügel und hob, mit den Gedanken bei der Unfähigkeit der Menschen, ihren Frieden zu finden, ab und wurde vom Nebel verschluckt.

27

»Und ich kann dich wirklich allein lassen?«

Sam hatte ihr die Frage auf die eine oder andere Weise schon mehrmals gestellt, seit heute am frühen Morgen das Telefon in seinem Arbeitszimmer geklingelt hatte. Es war Sams Mutter gewesen, die unter Tränen erzählte, dass sie aufgrund einer Entzündung in ihrem rechten Handgelenk auf unbestimmte Zeit krankgeschrieben sei und nicht mit dem Orchester auf Tournee gehen könne.

»Sie hat aber ihre Wohnung für die nächsten sechs Monate schon untervermietet, und jetzt steht sie da.«

Sams Mutter Milena lebte am Rande von Kennsington in einer eleganten Altbauwohnung, die sie damals von Sams Vater bekommen hatte. Mags wusste nicht viel über Sams Vater, nur, dass er wohl mit einer anderen Frau verheiratet gewesen war und kurz nach Sams Geburt jeden Kontakt zu Milena und seinem neugeborenen Kind abgebrochen hatte. Die Wohnung war sein Abschiedsgeschenk gewesen. Ein bitteres Geschenk, aber eines, das Sams Mutter ermöglichte, trotz immer weiter steigenden Mietpreisen in London zu leben. Und da sie während ihrer Reisen mit dem Symphonieorchester oder dem privaten Streichquartett, das gerne für Kreuzfahrtschiffe gebucht wurde, untervermietete, sorgte die Wohnung so auch für ein zusätzliches Einkommen.

Aber nun war eben dies ein Problem geworden, das schnell gelöst werden musste.

»Hol sie zu uns. Sie soll sich keinen Kopf machen. Sie kann das Gästezimmer haben. Wenn ihr das zu eng wird oder wir uns auf die Nerven gehen, suchen wir ihr eine Ferienwohnung im Ort. Ich denke, wir können mit Albert einen guten Preis aushandeln.«

Albert, der sich immer noch gerne als letzter Fischer von Rosehaven bezeichnete und wirklich noch mehrmals die Woche ausfuhr und seinen Fang an den Pub und die Bewohner verkaufte, müsste dies eigentlich nicht mehr tun. Mit einem untrüglichen Sinn fürs Geschäft hatte er vor Jahrzehnten die leer stehenden Fischerhäuser am Hafen aufgekauft und dann, in der Welle des boomenden Tourismus für gutes Geld weiterverkauft. Für so viel Geld, dass er nicht mehr arbeiten müsste. Aber Mags wusste, dass Albert wahrscheinlich bis zu seinem letzten Tag auf seinem Schiff stehen würde.

»Und du bist dir sicher?«

Sam stand vor ihr in der Einfahrt des Cottages, neben sich seine kleine Reisetasche.

»Dass du fahren und mich hilflose Frau alleine lassen kannst? Oder dass deine Mutter bei uns wohnen kann?«

Er zuckte mit den Schultern und Mags lachte.

»Ich bin mir in beiden Fragen sicher. Fahr los – ich freue mich, wenn deine Mutter hier ist. Wir hatten noch nicht wirklich viel Zeit, uns kennenzulernen.«

Was stimmte, aber wahrscheinlich eher an dem vollen Zeitplan von Sams Mutter lag als an Mags. Sie hatte die Vermutung, dass Milena ihr ein wenig die Schuld daran gab, dass Sam seine Karriere an der Uni in Oxford an den Nagel gehängt hatte. Nicht nur, dass ihr Sohn so nie ein Professor werden würde, auch war Oxford mit dem Zug von London aus in einer Stunde zu erreichen gewesen. Von Rosehaven aus nach London würde Sam gleich sicherlich gute fünf Stunden brauchen. Wenn es keinen Stau gab. Was in London ungefähr so wahrscheinlich war wie Schnee im August.

»Und du passt auf dich auf?«

»Immer.«

Sam sah sie skeptisch an, und Mags verfluchte ihre Unfähigkeit, ein Pokergesicht aufzusetzen. Außerdem kannte ihr Mann sie einfach zu gut.

»Was hast du vor?«

»Ich will noch einmal mit Dr. Patel sprechen.«

Sam stellte seine Tasche wieder ab.

»Das ist eine dumme Idee.«

Mags merkte, wie sie wütend wurde und versuchte, sich zusammenzureißen. Sam war besorgt, das musste sie ihm wohl oder übel zugestehen, aber eine *dumme* Idee? Sie holte tief Luft.

»Sam – ich bin mir sehr sicher, dass er mehr weiß, als er uns bis jetzt erzählt hat.«

Sie ignorierte seine hochgezogenen Augenbrauen und sprach schnell weiter.

»Und dann würde ich gerne noch die Einladung von Mrs Porter annehmen – sie hat uns auf einen Tee eingeladen. Ich habe immer noch ein schlechtes Gewissen, dass wir uns da so eingeschlichen haben.«

»Mags …«

Sie spielte ihre beste Karte aus.

»Mary kommt mit. Jetzt, da der Fall offiziell abgeschlossen ist, spricht nichts mehr dagegen. Und da Phyllis

Armstrong ja mehr oder weniger ihren Segen gegeben hat …«

»Das gefällt mir nicht.«

»Los, fahr deine Mutter abholen. Sie wird sich freuen, ihren kleinen Sammy zu sehen. Und dann sehen wir uns morgen Mittag wieder hier.«

Mags stand an der offenen Tür und sah Sam nach, der mit dem Wagen vorsichtig die Zufahrt des Cottages bis hinauf zur Straße fuhr. Als sie sich gerade umdrehen wollte, sah sie die Bremslichter rot aufleuchten und im gleichen Moment auch den Grund dafür. Eine Gruppe von drei Rehen war aus dem kleinen Gehölz neben dem Weg zum Cottage herausgekommen und überquerte mit schreckhaften Sprüngen die kleine Straße, um auf den Feldern im schwachen Licht zu verschwinden. Die Rehe nutzten den Weg oft, und Sam und Mags waren am frühen Morgen und am Abend immer besonders vorsichtig, wenn sie auf die Straße bogen.

Dann blieb sie stehen.

»Wie ein Reh im Scheinwerferlicht …«

Sie musste einige Anrufe machen.

28

Da Mary erst am Nachmittag nach St Mawgan kommen konnte, war Mags nach dem gemeinsamen Frühstück mit ihrem Team schon einmal allein vorgefahren. Sie hatte sich bei Dr. Patel angemeldet, der sie zu seinem Büro auf dem Gelände des Flughafens gebeten hatte.

»Sagen Sie dem Parkwächter, wer Sie sind, und dass Sie zu mir wollen, er wird Ihren Wagen dann zum Mitarbeiterparkplatz lotsen. Ich hole Sie dann dort ab, bringen Sie aber bitte einen gültigen Ausweis mit. Mein Büro liegt innerhalb der äußeren Sicherheitszone.«

Mags tat, wie geheißen, und stand zur Mittagszeit vor einem schlichten Flachdachbau, der sich am Rande des Flugfeldes erstreckte. Dr. Patel kam auf sie zu und begrüßte sie mit einem Lächeln.

»Ich habe meine Pause etwas verlängert, vielleicht mögen Sie mir beim Essen Gesellschaft leisten?«

Er führte Mags an einigen Türen vorbei zu einem Zimmer, das trotz der ungewohnten Umgebung genauso aussah wie das Behandlungszimmer eines durchschnittlichen Arztes. Doch an den Wänden hingen statt der sonst üblichen Kunstdrucke oder Landschaftsfotografien mehrere gerahmte Kinderzeichnungen. Der Boden war mit einem bunten Teppich bedeckt, der dem ansonsten weiß gestrichenen und funktionalen Raum etwas Wärme gab.

Dr. Patel ging zu einem kleinen Kühlschrank in der Zimmerecke und holte mehrere runde Dosen aus Edelstahl hervor, die er vor sich und Mags auf den Schreibtisch stellte.

»Das Essen in der Kantine ist wirklich nicht zu empfehlen, in der Anfangszeit hier habe ich wirklich gelitten. Und dann wohl oder übel angefangen, selbst zu kochen und mir etwas mitzunehmen. Mittlerweile ist es fast zu einer Art Hobby geworden.«

Er zuckte mit den Schultern und öffnete die Dosen. Mags machte große Augen.

»Das ist wirklich …«

Der Arzt lachte.

»Ja, ich weiß. Die Kollegen haben zuerst immer gelacht, aber mittlerweile versuchen sie ständig, mich davon zu überzeugen, bei *The Great British Bake Off* mitzumachen.«

Die erste Dose enthielt kleine, perfekt geformte Pasteten, die nach Käse und Kräutern dufteten. Die zweite Dose offenbarte kleine Sandwiches, ebenfalls in Miniaturformat, die mit einer Creme bestrichen waren, in der Mags Kresse und Gurken vermutete. Die dritte Dose war mit unterschiedlichen Gemüsesorten gefüllt, alle exakt gleich groß geschnitten und zu einem eleganten Muster angeordnet. Die vierte Dose ließ Mags dann das Wasser im Mund zusammenlaufen. Kleine Kuchen, in weiße Schokolade getaucht und mit Himbeeren verziert.

»Das sollten Sie wirklich. Das ist perfekt!«

»Ich weiß auch nicht, warum die Dinge nach und nach immer kleiner wurden. Ich meine, ich hätte mir ja einfach auch ein Sandwich in normaler Größe schmieren können. Alles fing mit einer dieser Bentoboxen an, die ich zu Weihnachten bekommen habe … Und dann hat es sich verselbstständigt.«

Er reichte Mags eine Serviette, und sie griff nach einer der Pasteten. Sie passte genau in ihren Mund und schmeckte genauso gut, wie sie aussah.

»Sie haben den falschen Beruf.«

Er lachte.

»Vielleicht. Aber einen mit guten Arbeitszeiten und einer guten Bezahlung.«

Sie aßen noch einige der Miniaturwunder, dann legte er seine Serviette zur Seite.

»Was führt Sie zu mir, Mrs Blake?«

»Es geht um etwas, das Sie oder Magnus Grant an dem Abend im Pub gesagt haben. Dass Sie alle in Diana verliebt gewesen seien. Und dass Sie, vor Tim, auch öfters mit ihr ausgegangen seien und …«

»Oh.«

Dr. Patel schien nicht sonderlich aus der Ruhe gebracht. Er griff nach einem der Minisandwiches, kaute und schluckte.

»Warum wollen Sie das wissen? Das Ganze ist doch so lange her.«

»Aber wie es aussieht, zieht es seine Kreise bis in die Gegenwart.«

Sie sah den Arzt an.

»Ich weiß, ich kann Sie nicht zwingen, mir zu antworten. Aber wenn ich Sie bitte, dann …«

Er nickte.

»Ja, Diana und ich waren einige Male miteinander aus. Wir haben geflirtet und ich habe mich um sie bemüht. Viele dachten, dass Tim mir Diana ausgespannt hat und ich immer noch in sie verliebt gewesen sei.«

Er lächelte Mags an.

»Und genauso sollte es ja auch aussehen. Diana hat damals mitgespielt. Für mich machte es einiges leichter, wenn meine Kameraden glaubten, ich sei unglücklich in Diana verliebt.«

Mags schüttelte den Kopf.

»Ich verstehe nicht ganz.«

Dr. Patel beugte sich vor und griff nach dem Foto, das auf seinem Schreibtisch stand.

»Das ist mein Hochzeitsfoto. Wir haben vor sechs Jahren geheiratet.«

Er drehte das Foto so, dass Mags es sehen konnte. Ein etwas jüngerer Dr. Patel in kurzen Bermudashorts und einem bunten Hemd stand an einem Strand und grinste in die Kamera. Um den Hals trug er einen Blumenkranz. An ihn gelehnt stand sein frisch angetrauter Ehemann, ebenfalls mit Blumenkranz, ebenfalls in Shorts und Hemd.

»Das ist Kevin, mein Mann. Er arbeitet als Pilot für British Airways und müsste gerade irgendwo über dem Atlantik sein.«

Mags lächelte.

»Von einer Hochzeit am Strand habe ich auch immer geträumt.«

»Das war auf Hawaii.«

Mags dachte kurz an ihre eigene Hochzeit mit Sam, die aus vielen Gründen nicht sonderlich romantisch ausgefallen war.

»Kevin und ich haben uns schon ganz zu Beginn meiner Zeit bei der Royal Air Force kennengelernt. Er ist etwas älter als ich und hat hier auf dem Stützpunkt als Pilot gearbeitet. Wir haben unsere Beziehung geheim gehalten. Zum einen hatten wir berechtigterweise Angst vor Anfeindungen. Zum anderen war er einer meiner Ausbilder, und es gab eine strikte Politik, was Beziehungen zu Vorgesetzten anging. Diana wusste es aber und hat mich, bevor sie sich in Tim verliebte, öfters gedeckt. Und als sie mit Tim zusammen war, haben wir einfach die ganze Geschichte aufrechterhalten. Mir wurden keine dummen Fragen gestellt, weil alle dachten, ich wäre eben nur ein romantischer Tropf, der nicht über seine erste Liebe hinwegkam. Als ich mit der Ausbildung fertig war und Kevin in die private Luftfahrt wechselte, brauchten wir keine Deckung mehr. Und mit meinem eigenen Abschied von der Air Force machten wir es öffentlich.«

Er lehnte sich wieder zurück.

»Und nun erzählen Sie mir doch, warum sie wirklich wissen wollten, ob ich und Diana eine Affäre hatten. Darum ging es doch, oder?«

Mags überlegte.

»Sie sind an die Schweigepflicht gebunden, oder?«

»Nur, wenn Sie als meine Patientin hier wären. Aber das sind Sie nicht.«

»Nein. Also kann ich Sie nur bitten, das, was ich Ihnen erzähle, für sich zu behalten?«

Er nickte. Mags zögerte kurz. Aber es war zu wichtig.

»Wussten Sie, dass Diana schwanger war, als sie starb?«

»Schwanger?«

Sie konnte sehen, wie nacheinander Erstaunen, Erschrecken und dann Trauer über sein Gesicht zogen. Er hatte es also nicht gewusst.

»Oh nein.«

Mags spürte, wie auch ihr die Tränen in die Augen stiegen.

»Leider stimmt es. Ich weiß es von Dr. Harris.«

Der Arzt sah sie an.

»Wusste Tim es? Und Edgar?«

»Tim wusste es, sie hat es ihm selbst noch erzählt. Edgar hat es vor drei Monaten erfahren.«

Dr. Patel war blass geworden. Mags sprach weiter.

»Und Tim kann definitiv nicht der Vater gewesen sein.«

»Nicht?«

»Nein. Das ist ausgeschlossen.«

»Verdammt.«

Er stand auf und ging zum Fenster. Für einige Zeit waren nur die durch das dicke Glas gedämpften Geräusche des Flughafens zu hören. Schließlich wandte er sich wieder ihr zu.

»Deswegen sind Sie hier, oder? Sie versuchen herauszufinden, wer der Vater war?«

»Ja.«

»Ich war es auf jeden Fall nicht.«

Mags sah ihn nachdenklich an.

»Und was ist mit Ihren Freunden? Magnus Grant oder Stanley Connor?«

»Ich glaube, wenn Stan etwas mit Diana gehabt hätte, hätte er es niemals heimlich gemacht. Er hätte es niemals hingenommen, nur die zweite Geige zu spielen. Stan ist ein ganz klarer Entweder-Oder-Mensch. Für ihn hätte es nur alles oder nichts gegeben. Als er seine Frau vor einigen Jahren kennengelernt hat, da sind die beiden innerhalb weniger Monate vor den Altar getreten. Und leider einige Jahre später ebenso schnell auch wieder vor den Scheidungsrichter. Es gibt nicht viele Menschen, die mit Stan klarkommen. So war das auch damals schon. Und außerdem hätte er es mir erzählt.«

»Auch wenn er dachte, Sie wären auch in Diana verliebt?«

»Stan wusste von mir und Kevin.«

»Und was ist mit Magnus? Er war mal mit Diana zusammen, oder?«

»Da waren die beiden dreizehn oder vierzehn. Soweit ich weiß, haben sie sich Ringe aus dem Kaugummiautomaten geschenkt und unten am Fluss Händchen gehalten. Das war etwas anderes.«

Mags dachte an den Schmerz in Magnus' Augen, wenn er über Diana gesprochen hatte. Und an die unbewegliche Silhouette des breiten Mannes, der angelnd im Fluss stand. Sie war sich da nicht ganz so sicher, wie Patel es zu sein schien.

»Es gibt wohl keine Möglichkeit mehr, zu überprüfen, wer der Vater war?«

»Nein.«

Mags brannte noch eine Frage auf der Zunge.

»Warum haben Sie sich so bemüht, uns zu helfen? Sie hätten uns doch einfach wegschicken können. Aber stattdessen sind Sie sogar zu uns gekommen.«

»Das hat mich verdächtig gemacht? Ich verstehe. Aber ich wollte helfen, weil ich Tim mochte. Und es mir schon damals leidgetan hat, weil er, glaube ich, gar nicht wusste, auf was er sich mit Diana und Edgar einließ.«

»Auf was ließ er sich denn ein?«

Patel schüttelte den Kopf.

»Auf Ärger, denke ich, einfach auf eine Menge Ärger.«

Aber mehr wollte er dazu nicht sagen und geleitete Mags mit einigen weiteren belanglosen Sätzen über das Essen und das Wetter zurück zu ihrem Auto.

Wo sie zum Erstaunen des Parkwächters erst einmal einige Minuten nachdenklich saß und dann mit einem kleinen frustrierten Aufschrei den Motor startete. So würde sie nicht weiterkommen.

29

Als sie in St Mawgan auf den Parkplatz neben dem Pub einbog, sah sie schon von Weitem Mary Shifters kleinen roten Sportwagen im Schatten einer alten Erle stehen. Mary selbst lehnte an ihrem Auto und starrte auf den breiten Weg vor dem Pub. Sie sah erst auf, als Mags neben ihr angekommen war und ihr vorsichtig eine Hand auf die Schulter legte.

»Mary?«

Ihre Freundin trug eine dunkle Sonnenbrille, aber Mags konnte trotzdem sehen, dass sie geweint hatte.

»Was ist los?«

»Tim hat mich gebeten, meine Sachen bei ihm abzuholen. Er will alles verkaufen und wirklich weg, wenn alles vorbei ist. Seine Anwältin meint, sie würde ihn vielleicht mit einer Bewährungsstrafe aus der Sache rausbekommen.«

Mags wusste nicht, was sie dazu sagen sollte. Sie hatte Tim an dem Abend vor seinem Hangar erlebt und gespürt, dass ein Teil von ihm sich schon längst von allem verabschiedet hatte.

»Komm, wir suchen uns einen ruhigen Platz.«

Sie griff nach Marys Arm und zusammen gingen sie den schmalen Weg zum Fluss hinunter und dann weiter in Richtung Kirche. Mags musste an das Haiku denken, das Mrs Porter rezitiert hatte. *Unter dem Sommermond besuchen Sie die Gräber und genießen die Kühle.*

»Magst du auf den Friedhof gehen? Da sind wir ungestört. Oder …?«

Mary versuchte ein Lächeln.

»Nein, der Friedhof ist gut. Ich bin als Kind schon immer gerne bei uns in der Stadt über den Friedhof gegangen und habe mir die Namen auf den Grabsteinen durchgelesen. Manchmal habe ich mir ausgedacht, wer da beerdigt ist und wie sein Leben ausgesehen haben muss.«

Sie bogen ab und verließen den Pfad am Fluss, um den kleinen Anstieg anzugehen, der sie zur Kirche führte. Mags vermied die Ecke, in der das Grab der McCallums lag und führte Mary zu einer Bank, von der aus man einen guten Blick auf das Dorf und den Fluss hatte.

»So viele Bänke …«

Sie merkte erst, dass sie laut gesprochen hatte, als Mary sie neugierig ansah.

»Bänke?«

»Ach. Mir ist gerade nur aufgefallen, dass ich gefühlt seit einer kleinen Ewigkeit hier im Dorf bin und dabei ständig auf irgendwelchen Bänken sitze. Es war nur so ein Gedanke.«

Sie setzten sich.

»Hast du Tim um die Aufnahme seiner Kamera gebeten?«

»Ja.«

Mary zog einen Umschlag aus der Tasche, öffnete ihn und gab Mags einige Abzüge.

»Ein Kollege in Truro schuldete mir noch einen Gefallen und hat das Material durchgesehen und die wichtigen Stellen ausgedruckt. Du hattest recht. Jemand war in Tims Büro. In der Nacht, in der er verhaftet wurde.«

Mags nahm das Bild und betrachtete es.

»Verdammt.«

»Ja.«

Auf dem Foto war zwar eine menschliche Gestalt zu erahnen, aber sie wurde vom Hals aufwärts fast völlig von einer Art Lichtfleck oder Reflexion verdeckt.

»Warum erkennt man nichts?«

Mary zuckte mit den Schultern.

»Ich habe es an die Kollegen der Kriminaltechnik geschickt, und sie sind sich auch nicht zu Hundert Prozenz sicher. Anscheinend hat derjenige, der Tims Büro durchwühlt hat, irgendetwas getragen, dass das Licht der Scheinwerfer reflektierte. Daher konnte die Kamera kein vernünftiges Bild aufnehmen. Aber was genau es war, konnte der Kriminaltechniker mir nicht sagen. Er meinte, dass einige Promis wohl Schals oder Mützen tragen, die einen solchen Effekt auslösen können. Er versucht, das Bild zu bearbeiten, aber leider ist das nicht so einfach, wie es in Fernsehkrimis immer dargestellt wird. Wahrscheinlich bleibt es also bei einem verschwommenen Fleck.«

Mags starrte auf das Foto in ihrer Hand, und dann sah sie Mary an.

»Ich glaube, ich weiß, wer auf dem Foto zu sehen ist.«

»Was?«

Mags schaute wieder auf das Bild. Und nach und nach begannen die Bruchstücke, die sie bisher über Edgar und Diana zusammengesucht hatte, sich zu einem Bild zu formen.

»Ich muss nachdenken.«

Sie lehnte sich zurück und schloss die Augen. Wenn ihre Vermutung stimmte, dann blieb die Frage nach dem

Warum. Diana war schwanger. Tim nicht der Vater. Edgar hatte einen Verdacht. Etwas brachte ihn dazu, dass er die Unterlagen sicher verstecken wollte. Warum waren sie in seiner Wohnung nicht mehr sicher? Der Schlüssel. Was befürchtete er? Und dann weiße Blüten auf Dianas Grab. Ein Engel. Sein Engel. Blutverdünner. Kräuter und Pflanzen. Und eine unerwartete Einladung zum Teetrinken.

Mags öffnete die Augen, holte tief Luft, beugte sich zu Mary vor und sprach eine Weile mit leiser Stimme auf ihre Freundin ein. Sie konnte spüren, wie sich ihr anfänglicher Unglauben zuerst in Zweifel und gegen Ende ihrer Erklärung in leise Zustimmung verwandelte.

»Es würde einiges erklären. Aber noch sind das alles reine Vermutungen.«

»Ja. Gestützt von einigen Hinweisen vielleicht, aber ich habe keinerlei Beweise.«

»Wenn wir das CI Armstrong erzählen, lacht sie uns aus. Vielleicht glaubt sie es sogar, aber was nützt es Tim, wenn wir nur Vermutungen haben und keine Beweise? Die Patientenakten sind doch sicherlich mittlerweile zerstört. Was bleibt denn dann noch, außer einer Geschichte?«

Mags wusste, dass Mary recht hatte. Aber sie wusste auch, dass sie etwas tun mussten. Und zwar nicht nur, um Tim zu helfen. Sondern auch für Edgar und vor allem für Diana. Sie atmete tief durch, unterdrückte ihre Nervosität und sah Mary fragend an.

»Bist du dabei? Und wenn ja: Hast du eine Idee, woher wir auf die Schnelle grünen Tee bekommen?«

30

»Denkst du wirklich, wir sollten das machen?«

»Ja.«

Mags versuchte, ihrer Stimme einen festen Klang zu geben, auch wenn es ihr schwerfiel. Sie wusste, dass Mary nicht in erster Linie um sich selbst besorgt war. Eric hatte ihr einmal erzählt, dass Mary in ihrer Arbeit nahezu furchtlos in Gefahrensituationen ging. Nein, ihre Freundin fragte zum einen als Polizistin, die bei dem Gedanken, eine Zivilperson zu gefährden, zurückschreckte. Und zum anderen als Freundin, die nicht wollte, dass Mags sich um ihrer, beziehungsweise Tims willen in Gefahr brachte.

»Ja, ich bin mir sicher. Wir haben doch alles besprochen, und wenn wir uns an den Plan halten, dann ist das Ganze bald vorbei und wir haben die nötigen Beweise.«

Mags sah, wie Mary sich etwas entspannte und ihr dann zunickte. Also hob sie die Hand und drückte auf den Klingelknopf der Sprechanlage, die links neben dem großen Tor in der Mauer eingelassen war.

»Ja?«

»Ich bin es, Mags Blake. Mein Mann ist leider sehr kurzfristig aufgehalten worden.«

»Ah.«

Mags meinte, so etwas wie Verärgerung oder vielleicht sogar Enttäuschung aus der Stimme aus dem Lautsprecher herauszuhören.

»Nun gut. Kommen Sie herein.«

Mit einem leisen Klicken öffnete sich das Schloss des Tores und die schweren Metallflügel glitten fast lautlos auseinander.

»Sesam öffne dich.«

Mags musste lächeln, als sie die leise geflüsterten Worte Marys hörte.

»Ja, das passt. Wobei wir gleich nicht einen arabischen Garten betreten werden, sondern einen japanischen.«

»Viel Glück!«

Mary schlüpfte leise in den Garten und verschwand hinter einer Hecke aus Bambus.

Mags ging die gewundene Zufahrt zum Haus entlang und blieb erst stehen, als sie die kleine und schlanke Gestalt von Mrs Porter auf sich zukommen sah.

Mrs Porter zog sich im Gehen zwei dünne Handschuhe aus, wie Ärzte sie trugen, und steckte sie in die Tasche ihrer großen grünen Schürze.

»Entschuldigen Sie, Mrs Blake. Ich war gerade beschäftigt und habe die Zeit vergessen.«

»Kein Problem. Ich genieße jede Sekunde, die ich in Ihrem Garten sein kann. Haben Sie in ihrer Küche gearbeitet? Wobei ich finde, Labor wäre vielleicht die bessere Bezeichnung.«

»Meinen Sie? Ich denke, eine Küche kann für so vieles genutzt werden. Aber würden wir gerne, also von Herzen gerne etwas essen, was in einem Labor zubereitet wurde?«

Mags musste ihrer Gastgeberin recht geben. Dann sah sie zum Haus hinauf.

»Ist ihr Mann auch da, Mrs Porter? Ich würde mich wirklich gerne bei ihm persönlich entschuldigen.«

»Mein Mann ist noch unterwegs. Eigentlich wollte er schon da sein, aber wahrscheinlich dauert es mal wieder länger. Sie werden also erst einmal mit mir vorliebnehmen müssen. Ich habe alles für die Teezeremonie im Teepavillon vorbereitet.«

Mags folgte Mrs Porter, die sie in den unteren Teil des Gartens führte, wo auf einem Podest aus Holz ein kleiner Pavillon mit offener Front stand. Auch er war aus Bambus gebaut und mit schwarzen Balken gestützt. Auf dem Boden lagen weiße Matten, und in der Mitte stand ein niedriger Tisch, darauf ein Tablett mit einer Schüssel, einem Schneebesen, einer schweren gusseisernen Kanne und mehreren zarten Schalen.

Mrs Porter zog beim Betreten des Pavillons ihre Schuhe aus und setzte sich dann auf der einen Seite des Tisches auf ihre Fersen. Mags tat es ihr nach und setzte sich ihr gegenüber.

»Ich habe in Japan an einigen Zeremonien teilgenommen. Eigentlich ist das Ganze ein viel längerer Prozess, der schon beim Eintritt in den Garten beginnt und von Gast und Gastgeber einen hohen Grad an Konzentration und Hingabe erfordert.«

Mrs Porter hatte die Schalen mit heißem Wasser gefüllt, geschwenkt und wieder ausgegossen. Gerade trocknete sie sie mit einem Tuch vorsichtig ab.

»Ein Teepavillon hat oft eine sehr niedrige Tür, unter der sich die Gäste hindurchbeugen müssen. Das hat etwas mit Demut zu tun. Aber ich konnte dem Ausblick hier nicht widerstehen und habe den Raum so bauen lassen, dass er im Sommer geöffnet werden kann.«

Sie füllte aus einer Dose mit einem schmalen Holzlöffel

grünes Pulver in Mags Schale, goss erneut heißes Wasser auf und rührte dann das Ganze mit einem breiten und kurzen Schneebesen auf. Dann reichte sie Mags mit einer kleinen Verbeugung die Schale und wiederholte den Vorgang für sich selbst.

»Ich möchte noch einmal sagen, wie sehr ich mich gefreut habe, Sie kennenzulernen.«

Mags wunderte sich etwas, über die förmliche Höflichkeit in Mrs Porters Stimme, tat es ihr dann aber einfach nach.

»Es war auch mir eine Freude.«

Sie hob ihre Schale und wartete, dass Mrs Porter es ihr nachmachte. Aber diese blieb still sitzen.

»Trinken Sie.«

Von draußen war ein lautes Scheppern zu hören. Mags erschrak und etwas Tee schwappte aus ihrer Schale. Ein erneutes Krachen, diesmal länger.

»Was war das?«

Mrs Porter stand auf.

»Ich muss einmal nachsehen, was da los ist.«

Sobald Mrs Porter mit schnellen Schritten um die Ecke gebogen war, wühlte Mags in ihrer Tasche und beugte sich hektisch über den Tisch mit den Schalen. Als wenige Minuten später Mrs Porter mit vor Ärger gerötetem Gesicht wieder zurückkam, saß sie still da und machte ein unschuldiges Gesicht.

»Irgendein Tier scheint eine Reihe mit Tontöpfen umgeworfen zu haben. Ich werde das nachher wegmachen.«

Sie atmete tief durch und setzte sich wieder.

»Trinken Sie, Mags.«

31

Mags hob ihre Schale und roch neugierig an ihrem Tee. Mrs Porter lächelte.

»Ich weiß, der Tee riecht am Anfang etwas ungewöhnlich, aber er schmeckt wirklich gut. In Japan gilt es als sehr unhöflich, wenn ich als Gastgeberin vor Ihnen meine Schale leere.«

Mags sah in das von Erwartung angespannte Gesicht ihrer Gastgeberin, hob die Schale an die Lippen und trank sie mit einigen schnellen Schlucken aus. Danach stellte sie die Schale ab und merkte, wie sie von Mrs Porter neugierig gemustert wurde, die von ihrem Tee noch keinen Schluck genommen hatte.

»Trinken Sie gar nicht? Ich dachte immer, die Gastgeberin trinkt ihren Tee ebenfalls aus. Aus Höflichkeit.«

Mrs Porter schüttelte den Kopf.

»Nein. Ich denke, heute nicht.«

Im Garten war nun das fröhliche Pfeifen einiger Spatzen zu hören. Die Sonne schien und warf die Umrisse der umgebenden Büsche und Bäume als Schatten auf die weißen Wände des Pavillons. Es roch nach Moos, nach Tee und nach Sommer. Mags sah Mrs Porter nachdenklich an.

»Darf ich Sie etwas fragen?«

»Natürlich.«

»Wussten Sie eigentlich schon, bevor Diana zu Ihnen gekommen ist und Ihnen von ihrer Schwangerschaft erzählt hat, dass Ihr Mann seine Patentochter missbraucht hat?«

Mags hatte erwartet, dass Mrs Porter sie anschreien, hochkant hinauswerfen oder einfach stehen lassen würde. Aber mit einem kalten Lächeln hatte sie nicht gerechnet.

»Es war kein Missbrauch. Die kleine Hexe hat ihn verführt.«

Mags bezweifelte das. Aber nun war sie sich sicher, dass sie mit ihrer Vermutung richtig lag, wer hinter dem Versuch steckte, Edgar mithilfe der Blutverdünner zu ermorden. Und sie vermutete, dass da noch mehr war.

»Diana war zwölf, als sie zu Ihnen ins Haus kam. Hat es da schon angefangen?«

Mrs Porter schüttelte den Kopf.

»Mein Mann ist General der Air Force. Er hat unzählige Auszeichnungen und einen Haufen Freunde, die jederzeit die Hand für ihn ins Feuer legen würden. Sie haben keine Beweise für Ihre Behauptungen.«

Mags nickte. Die Spatzen hatten aufgehört zu zwitschern und ein weiterer Schatten hatte sich zu denen der Bäume an der Wand hinter Mrs Porter gesellt.

»Das stimmt leider. Und Edgar hatte auch keine, oder? Aber einen Verdacht, einen schrecklichen Verdacht. Ich glaube, er war auch so viele Jahre so wütend auf Tim, weil seine Wut ihn von etwas anderem abgelenkt hat, oder? Von der Frage, wie innig die Beziehung des Generals zu seiner Patentochter, zu seinem kleinen Engel, nun wirklich war?«

»Edgar ist tot. Wir können ihn also nicht mehr fragen.«

Mags ignorierte den Einwurf und sprach weiter.

»Und als er dann von Dianas Schwangerschaft erfuhr – und davon, dass Tim nicht der Vater gewesen sein konnte, da kam er zu Ihnen, oder?«

»Er war ja so betroffen. Traute sich zuerst nicht, mit mir zu sprechen. Dachte, ich hätte es nicht gewusst. Aber Edgar war schon immer ein dummer Junge.«

Mags freute sich, dass sie Mrs Porter zu einer Reaktion gebracht hatte und sprach schnell weiter.

»Wie haben Sie ihm die Blutverdünner untergejubelt? Haben Sie sie in sein Essen gerührt? Er hat Ihnen vertraut. Sie haben ja sogar den Ersatzschlüssel zu seiner Wohnung. Es war ein Leichtes, nach seinem Tod die Tabletten offen auf seinen Nachtisch zu legen, oder?«

Sie sah, wie ein Muskel in Mrs Porters Gesicht zuckte. Sie musste weitermachen, sie zum Reden bringen.

»Wo haben Sie die Blutverdünner gekauft? So etwas gibt es ja wohl nicht in Ihrer kleinen Kräuterküche. Dazu reichen Ihre Seminare und hübschen Zertifikate wohl nicht aus.«

»Wenn Sie wüssten!«

Mrs Porter biss sich auf die Lippe, dann lächelte sie plötzlich.

»Wenn Sie wüssten, was ich alles kann. Es gehört nur etwas Geduld und Wissen dazu, um aus so etwas einfachem wie Sojabohnen etwas zu gewinnen, das das Blut dünner und dünner macht. Wie gesagt, Edgar war dumm. Er vertraute mir. Ein Pulver gegen sein Sodbrennen da, einen Tee gegen seine Schlafstörungen hier.«

»Die Tabletten waren nur eine falsche Spur?«

Mrs Porter nickte.

»Und das geplante Rugbyspiel wäre perfekt gewesen. Ein Unfall, ein tragischer Unfall.«

Mags wurde kalt. Mrs Porter sprach immer noch ruhig, entspannt. Sie schien kein Bedauern zu spüren. Trotzdem brauchten sie mehr.

»Aber dann kam Tim Ihnen unfreiwillig zur Hilfe. Edgar starb etwas früher als geplant, aber Sie haben ja sofort von Ihrem Mann davon gehört. Sind zu Edgars Wohnung gefahren, um die Tabletten zu deponieren. Und Sie wollten auch Dianas Patientenakte mitnehmen. Aber die war nicht da.«

»Wir hatten ja einen Schlüssel. Ich wollte die Akte holen, wer weiß, was da sonst noch drin stand. Sicher ist sicher. Aber sie war nicht da. Mir fiel ein, dass Edgar mir erzählt hatte, er hätte sie Tim gezeigt.«

»Sie sind nach Rosehaven gefahren, zu Tims Flughafen. Als das Flutlicht anging, muss es Sie ganz schön erschreckt haben. Wissen Sie, dass es eine Aufnahme einer Sicherheitskamera von Ihnen aus dieser Nacht gibt?«

Das schien Mrs Porter zum ersten Mal aus ihrer Ruhe zu bringen.

»Eine Aufnahme?«

Mags nickte und behielt lieber für sich, dass der auffällig gemusterte Schal Mrs Porters Gesicht für die schwache Kamera unkenntlich gemacht hatte.

Mrs Porter schwieg lange, dann griff sie nach kurzem Zögern zu der vor ihr auf dem Tisch stehenden Schale und trank sie in einem Zug aus.

»Sie haben keine Beweise gegen meinen Mann.«

»Nein. Aber ich denke, es wird eine Menge Dreck aufwirbeln, wenn ich meine Geschichte der Polizei erzähle.«

Mrs Porter stand auf.

»Und genau da liegen Sie falsch.«

»Was?«

»Sie werden einfach niemandem davon erzählen können.«

»Was meinen Sie damit?«

»Der Tee – Sie hätten ihn vielleicht besser nicht trinken sollen. Ich befürchte, irgendetwas stimmt mit dem Matcha nicht. Wir werden gleich beide mit den ersten Vergiftungserscheinungen zusammenbrechen.«

»Sie haben den Tee vergiftet?«

»So sieht es aus. Die Wirkung wird gleich einsetzen.«

Mags sah auf ihre Schale, dann auf die vor Mrs Porter.

»Aber Sie haben doch auch davon getrunken!«

»Ja, das stimmt. Das war so eigentlich nicht geplant. Ich dachte, ich trinke, nachdem Sie zusammengebrochen sind, nur einen kleinen Schluck. Ausreichend für leichte Symptome und dazu, die Polizei von einem tragischen Unglück zu überzeugen. Aber jetzt …«

»Aber jetzt haben Sie doch auch alles getrunken!«

»Ja. Ich denke, es ist besser so. Dann wird die ganze Geschichte mit uns beiden verschwinden. Ich werde mich nicht vor Gericht verantworten. Keine Sorge. Die Wirkung wird gleich einsetzen, und es wird schnell gehen.«

Mags nickte.

»Ich spüre schon etwas.«

»Ja?«

»Ja. Ich glaube, mein Bein ist eingeschlafen vom Hocken. Und ich muss aufs Klo.«

Mrs Porter sah sie geschockt an.

»Das ist kein Scherz, Mrs Blake. Sie werden sterben.«

Mags stand auf und ging in Richtung der offenen Tür.

»Ja. Irgendwann. Hoffentlich nicht allzu bald. Ich habe nämlich noch einiges vor. Aber sicherlich nicht heute.«

Sie ging hinaus und nickte Mary und mehreren uniformierten Polizisten zu, die nun vor dem Pavillon standen.

»War das genug?«

Mary nickte und trat auf Mrs Porter zu, die verwirrt und aufgeregt im Pavillon stand.

»Was soll das? Halten Sie das für einen Witz? Ich …«

Sie sah von Mary zu Mags und griff dann nach ihrer Schale, um an ihr zu riechen.

»Das ist nicht mein Tee.«

Mags nickte.

»Nein. Das ist mein erster und wahrscheinlich etwas ungeschickter Versuch, einen Tee aus Matcha-Pulver zu kochen. Wobei ich das Pulver und das heiße Wasser schnöde in meine Thermoskanne gefüllt und dann kräftig geschüttelt habe.«

Sie griff in ihre Tasche und zog eine halb gefüllte Plastikflasche hervor.

»Das hier, das ist ihr Tee.«

Sie reichte die Flasche Mary.

»Und ich wette, das Labor wird sich freuen, ihn zu untersuchen.«

Mrs Porter starrte Mags an, dann sah sie zu Mary, die dabei war, die Flasche in eine durchsichtige Tüte zu stecken.

»Sie haben mich reingelegt.«

32

Mags lag auf einer Decke auf dem Rasen unter ihrem neu gepflanzten Apfelbaum und lauschte der Musik, die neuerdings aus den Fenstern des Gästezimmers klang. Sams Mutter durfte immer noch nicht wieder Geige spielen, sie musste das entzündete Handgelenk schonen. Aber Sam hatte ihr seine Musikanlage in das Zimmer gestellt und nun spielte Milena, wenn nicht mit den Händen, so doch mit dem Kopf die berühmtesten Geigenkonzerte mit.

Mags hatte keine Ahnung von klassischer Musik, hatte aber festgestellt, dass sie sie wider Erwarten sehr mochte. Ab und an fragte sie Milena nach den Stücken, die sie gehört hatten und wurde dann meist mit einem Vortrag über den Komponisten, die jeweiligen Interpreten und die Besonderheiten der Aufnahme belohnt. Immerhin wusste sie jetzt, woher Sam seinen Hang zum Dozieren hatte. Sie rächte sich, indem sie Milena lange Touren durch den Garten und das Gewächshaus der Firma gab und ihr haarklein alles über die Pflanzen und ihre Besonderheiten erzählte. Alles in allem war es bisher ein friedliches Miteinander gewesen, das nur noch davon gekrönt wurde, dass Milena mit Mags als Hilfe und ausführendem Paar Hände in der Küche das Zepter übernahm und kochte.

Mags seufzte zufrieden und drehte sich auf die Seite, um sich aufzurichten, als sie Schritte auf dem Gartenweg hörte. Es war Mary, die sich suchend umsah und sich dann zu ihr setzte. Sie trug ein blaues Sommerkleid und sah zwar immer noch erschöpft aus, aber es lag auch wieder ein Hauch ihrer früheren Entschlossenheit auf ihrem Gesicht.

»Tim hat heute den Verkauf seiner Flugzeuge und des Hangars in die Wege geleitet. Er geht.«

Mags schwieg. Es gab nichts mehr zu sagen.

»Zuerst nach London, da wird er seine Sozialstunden abarbeiten. Und danach wird er einen Antrag auf Ausreise nach Australien stellen. Da er nun vorbestraft ist, wird das nicht einfach, aber als Pilot auf einer der Rinder- oder Schafsfarmen wird er gebraucht, und einige alte Freunde von früher versuchen, eine Ausnahme für ihn zu erwirken.«

Der Apfelbaum verbreitete einen süßen Duft. Agatha und Arthur hatten sich seit einigen Tagen eher rar gemacht und wuselten im hinteren Teil des Gartens umher. Sie hatten irgendetwas Wichtiges hinter dem Geräteschuppen zu erledigen, und Mags hatte eine leise Ahnung, was. Wollte aber ihre Gänse nicht bei ihren Gänsegeheimnissen stören.

»Und weißt du was?«

Mags sah Mary an.

»Er hat mich gefragt, allen Ernstes gefragt, ob ich mit ihm gehe. Nach allem, was passiert ist, steht er vor mir und fragt.«

»Aber du gehst nicht, oder?«

»Nein. Es ist aus. Ich kann nicht mit jemandem leben, der ständig davonläuft. So bin ich nicht.«

Mags dachte an ihre eigene Mutter, die in ihrem Leben immer und immer wieder davongelaufen war. Aber Mags wusste, dass sie nicht so war. Dass sie Wurzeln brauchte, ein Zuhause. Freunde und Familie. Und Apfelbäume. Auf jeden Fall Apfelbäume. Sie nahm Marys Hand.

»Nein, du bist mutig.«

Mary schnaubte und schüttelte den Kopf.

»Sag das nicht zu früh. Ich habe von Phyllis Armstrong das Angebot bekommen, in ihrem alten Team in Leeds anzufangen Sie hat mich für die Stelle empfohlen, und ich denke, es ist Zeit.«

»Zeit zu gehen.«

Mags schluckte. Leeds lag in Yorkshire, und das bedeutete, zwischen ihr und Mary würden in Zukunft 400 Meilen liegen.

»Das Problem ist, ich soll so schnell wie möglich anfangen. Ich werde meine Wohnung zwischenvermieten und nur wenig mitnehmen. Leichtes Gepäck.«

Mags schluckte.

»Wann fängt du an?«

»Montag.«

»Montag? Also in drei Tagen?«

»Ja.«

Mags merkte, wie ihr die Tränen in die Augen stiegen und bemühte sich diesmal nicht, sie zu unterdrücken.

»So viel Veränderungen, oder?«

»Ja. Aber diese ist nicht schön.«

»Aber es sind nur etwa acht Stunden mit dem Auto.«

Mags lacht unter Tränen.

»Ein Katzensprung, meinst du?«

33

Mags stand in der Küche des Cottages und rührte unter der Anleitung von Sams Mutter in einem Topf. Es roch gut, und Mags hoffte, dass ihr die Sauce für die geplante Lasagne nicht anbrennen würde.

Sie hatten schon am Tag zuvor damit begonnen, einen Teig für dünne Pizzen anzusetzen, die Sam am Abend in ihrem neu gebauten Ofen im Garten ausbacken wollte. Es war Samstag, und alle Freunde würden sich in wenigen Stunden einfinden, um Mary zu verabschieden. Und da Mary, die eine italienische Großmutter hatte, immer und überall über englisches Essen schimpfte, würde es ein italienischer Abend werden. Miss Clara stand sicherlich gerade ebenfalls in der Küche, und Eric war nach Truro gefahren, um bei einem Großhandel die Getränke und den Wein zu besorgen.

Milena saß am Tisch und sah Mags zu.

»Mache ich es richtig?«

»Ja. Wird die Sauce langsam dick?«

»Ja.«

Mags steckte einen Finger in den großen Topf und leckte ihn ab.

»Und sie schmeckt.«

Milena lachte, aber dann wurde ihre Stimme ernst.

»Mags?«

»Ja?«

»Es ist nicht nur das Handgelenk. Nicht nur eine Überlastung. Es sind alle Gelenke betroffen. Ich war beim Arzt. Es ist Rheuma. Mit guten Medikamenten sollte es im Alltag vorerst gehen, aber …«

Sie sah auf ihre Hände und schluckte.

»Ich werde nicht mehr im Orchester spielen können. Die Belastung ist zu hoch. Ich habe heute mit der Leitung gesprochen und in die Wege geleitet, dass ich früher in Pension gehen kann.«

Mags wollte zu Milena eilen, aber die hob die Hand.

»Du musst weiter rühren, sonst brennt die Sauce an.«

Mags fluchte leise, ging aber zum Topf zurück.

»Und es gibt ein Problem. Meine Pension ist nicht allzu hoch. Die Zeiten, in denen ich mit Sam zu Hause war und nur über den privaten Unterricht Geld verdient habe, werden nicht anerkannt. Und ich habe gerade erst die Abrechnung für die Nebenkosten der Wohnung bekommen und das monatliche Hausgeld ist wieder höher geworden und …«

Sie brach ab.

»Du kannst den Topf jetzt vom Herd nehmen. Jetzt ist das Gemüse dran.«

Mags schüttelte den Kopf. Einmal Lehrerin, immer Lehrerin.

Milena nahm den Faden wieder auf.

»London ist einfach zu teuer – und ich weiß nicht, ob ich da bleiben kann und will. Wenn ich die Wohnung jetzt verkaufe, hätte ich ein sehr gutes Polster für die nächsten Jahre.«

Mags suchte ein Schneidebrett heraus und beäugte kritisch die Aubergine und das große Messer. Wie konnte es sein, dass sie sich nie mit ihrem Gartenmesser schnitt, aber mit ziemlicher Sicherheit mit einem Küchenmesser?

Sie sah Sams Mutter an, das Messer in der Hand.

»Ich glaube, ich würde mich freuen, wenn du bleibst und ausprobierst, wie es dir hier gefällt.«

»Ja?«

Mags nickte, legte das Messer zur Seite und ging zum Küchentisch. Ihr schien der richtige Zeitpunkt gekommen zu sein.

»Ja. Und ich glaube, dass Sam und ich in einigen Monaten deine Hilfe ganz gut gebrauchen könnten.«

Milena sah Mags nachdenklich an.

»Also ist es wahr?«

»Ja. Du hast es gemerkt?«

»Mags, selbst ein Blinder würde es sehen.«

34

Da an Sams und Mags Gartentisch nicht für alle Gäste Platz war, hatten Mags Mitarbeiter auf die Schnelle eine lange Tafel aus Bohlen und Tischböcken gebaut. Miss Clara hatte diese dann mit einem langen Ballen roten Stoffs, der von einer Aufführung der Rosehaven Singers übrig geblieben war, verkleidet. Bunt zusammengewürfelte Teller und Gläser säumten die Tafel, und Mags hatte kleine Sträuße mit Wildblumen in ausgewaschene bunte Tomatendosen gesteckt. Eric verteilte Weinflaschen auf dem Tisch, und Sam war unter den mehr oder weniger hilfreichen Hinweisen von Jim dabei, den neuen Pizzaofen zu befeuern. Mr und Mrs Kelvin würden den Pub früher schließen und dann herüberkommen, und Mrs Kelvin hatte versprochen, für den Nachtisch zu sorgen. In einer halben Stunde würde Mary mitsamt der anderen Gäste aus Truro eintreffen. Mags ging zu Eric, der leise vor sich hin summte. Sie meinte, die Melodie von Adriano Celentanos *Azzuro* zu erkennen, war sich aber nicht sicher.

»Eric?«

»Ja?«

»Weißt du, warum Phyllis Armstrong dieses Mal so nett zu mir war? Also für ihre Verhältnisse?«

Eric stellte eine weitere Weinflasche ab und sah Mags nachdenklich an.

»Ich habe keine Ahnung. Wirklich nicht. Du weißt ja, wie sie war, als ihr hier eingezogen seid. Und Weihnachten war es ja auch nicht besser. Irgendetwas muss passiert sein.«

»Mmmm.«

Mags hatte gehofft, mehr zu erfahren.

»Ich hoffe trotzdem nicht, dass sie heute kommt. Ich glaube, Jim und du, ihr würdet das nicht gut finden, oder?«

Eric zögerte nur kurz.

»Wenn sie kommt, dann ist es für mich in Ordnung. Sie hat Mary geholfen, und das zählt. Jim setzen wir an das andere Ende der Tafel, dann klappt das schon.«

»Gut, ich habe sie nämlich eingeladen.«

Mags versuchte, schuldbewusst auszusehen, aber schaffte es nicht ganz.

»Zweite Chance und so.«

Eric lachte.

»Los, geh deiner Schwiegermutter helfen.«

Mags sah sich um. Milena stand am Rande des Gartens und schien nicht recht zu wissen, was sie machen sollte. Mags überlegte kurz, dann ging sie zu Sam und Jim.

»Jim?«

»Ja, Liebes?«

Wie immer, wenn sie ihren Onkel sah, wurde ihr warm ums Herz. Er trug abgeschnittene Jeans, eines der für ihn typischen bunten Hemden, die ihm Miss Clara im Gegenzug für die ein oder andere Hilfe im Garten nähte, und offene Sandalen. Sein volles weißes Haar und der Bart ließen ihn ein wenig wie den Weihnachtsmann aussehen. Aber eher wie die Variante, die den Sommer an einem Strand auf Hawaii verbrachte.

»Magst du vielleicht mit Milena in die Küche gehen und schauen, was das Essen macht? Sie soll noch nichts tragen. Dann übernehme ich hier deine Aufgabe und nerve Sam mit schlauen Kommentaren.«

Jim lachte, machte sich dann aber mit einem charmanten Lächeln im Gesicht auf den Weg zu Sams Mutter. Was Sam nicht entging und ihm einige Falten auf die Stirn zauberte.

»Was …?«

»Dein Feuer geht aus.«

Sam drehte sich um, und Mags grinste. Es war ein Abend, an dem niemand allein sein sollte.

Einige Stunden später saßen rund um den Tisch trinkende und lachende Grüppchen zusammen. Die Lasagne war restlos verspeist, das Feuer im Pizzaofen zu einer schwachen Glut heruntergebrannt. Mags lehnte sich an Sams Schulter und beobachtete, wie Mary neben Eric und Clara saß und dabei war, sich einen gehörigen Schwips anzutrinken.

Dann kam ein weiteres Auto auf den Hof gefahren.

»Wer fehlt denn noch?«

Kurz dachte Mags, Phyllis Armstrong wäre doch noch gekommen. Aber dann sah sie einen kleinen Mann in einem dunklen Anzug um die Ecke biegen, der einen schweren Karton trug.

»Gulliver!«

Mags sprang auf und rannte ihm entgegen.

»Ich dachte, du kommst erst Morgen wieder.«

Gulliver stellte die Kiste ab und wischte sich mit einem seidenen Taschentuch über die Stirn.

»Diesen Abend will ich mir doch nicht entgehen lassen. Hilf mir mal.«

Der Karton enthielt, wie erwartet, den versprochenen Champagner. Nachdem alle Gäste ein Glas in den Händen hielten, klopfte Gulliver gegen sein eigenes und erhob die Stimme.

»Liebe Freunde. Ich mach es kurz. Hebt eure Gläser und stoßt mit uns an. Mags Blake und meine Wenigkeit werden im nächsten Jahr einen Garten auf der Chelsea Flower Show haben!«

Alle jubelten, und Gulliver sah Mags fragend an.

»Du nicht?«

»Für mich keinen Champagner mehr.«

»Warum?

Mags sah Sam an, der nun ebenfalls sein Glas hob.

»Wir haben da auch noch etwas zu sagen …«

Mags legt die Hand auf ihren Bauch und sah strahlend in die Runde.

»Wir sind schwanger.«

Sie küsste Sam und lachte über Gullivers verblüfftes Gesicht und über den lauten Jubelschrei von Jim und über Miss Claras Freudentränen und Erics leises Lächeln und Marys Glückwünsche und Milenas Umarmung. Sie hob das Gesicht zum Himmel und sah den Mond über sich, Sam, ihren Freunden und ihrem Garten leuchten.

»Auf das Leben.«

LESEPROBE

KAPITEL 1

DER PONT NEUF stand bis zu den Schultern im Wasser, nur noch ein halber Meter bis zur Hochwassermarke von siebzehnhundertsoundso. Im Mai hatten alle über die Trockenheit geklagt, im August war der Regen gekommen. So viel Wasser hatte Paris selten gesehen.

Martine lehnte sich über die Brüstung. Der Regen hatte aufgehört, die Angler hielten ihre Ruten in den Fluss. Die französischen Atomkraftwerke liefen bei solchen Wasserständen auf Hochtouren, die Welt war wieder in Ordnung. War sie das?

Martine ließ den Blick über die Brücke schweifen. Touristen saßen auf den warmen Steinen, das Gesicht mit halb geschlossenen Lidern der Sonne zugewandt. Kein Pariser würde auf die Idee kommen, auf dem Pont Neuf ein Sonnenbad zu nehmen, das überließ man den Amerikanern. Martine wandte sich zum Nordufer. Eigentlich war sie hergekommen, weil sie im Kaufhaus *La Samaritaine* ein Geschenk für Clément kaufen wollte. Eine Krawatte? Die würde er im Home Office sowieso nie tragen. Zigarren? Die Katze war gegen den

Rauch allergisch. Etwas Digitales? Nur über Martines Leiche: nicht noch mehr Computerschrott.

Sie beschloss, mit dem Geschenk zu warten, bis sie eine zündende Idee haben würde. Früher – Gott, wie lange dieses *früher* her war – hatte sie für Clément und die Kinder kleine Lieder aufgenommen. Clément war damals irritiert gewesen. »Willst du jetzt eine Gesangskarriere starten?«, lautete sein Kommentar. In letzter Zeit war er immer öfter irritiert über das, was Martine tat. Sie dachte sich kleine verrückte Sachen aus, die ihren Alltag ein bisschen durcheinanderwirbelten. Sie verstellte ihre Stimme und meldete sich am Telefon als Au-pair-Mädchen. Schon erstaunlich, dass die Anrufer meist überdeutlich sprachen, nur weil das Au-pair aus der Slowakei stammte.

Bei den Vorbereitungen für das Irak-Geschäft hatte Martine wochenlang mit ihrem Spezialisten Achraf zusammengearbeitet. Manchmal hatten sie morgens in Martines Büro auf den Sofas gelegen, weil sich spätnachts das Heimfahren nicht mehr gelohnt hätte. In der Firma begann die Gerüchteküche zu brodeln. Das amüsierte Martine so sehr, dass sie Achraf mehrmals in Pariser Nobellokale ausführte. Prompt berichteten die Klatschmedien über Martine Cortillon, die Chefin von *Cortillon Industries*, die mit einem jungen arabischen Mann getanzt hätte.

Ihr eigener Mann hielt Martines Verhalten für kindisch, sie dagegen fand sich im richtigen Alter für kindische Abenteuer. Mit ihren dreiundvierzig Jahren gehörte sie zu den Säulen der französischen Wirtschaft. Martine wollte keine Säule sein. Respekt und Anerkennung gut und schön, aber wenn sie sich nicht alle paar Tage mal ausgelassen und unangepasst fühlen durfte, als ganz normale Frau, dann spürte sie Beklemmung, die ihr die Luft nahm. Um sich ihre Ungezwungenheit zu beweisen, spuckte sie in den Fluss.

Martine verwarf ihren Plan, ins *La Samaritaine* zu gehen, und lief den Pont Neuf in die Gegenrichtung. Ob jemand außer ihr wusste, dass Paris' größtes Kaufhaus nach einer Wasserpumpe benannt war, die der französische König 1712 an der Brücke hatte errichten lassen, um den nahe liegenden Jardin des Tuileries zu bewässern? Überflüssiges Wissen, dachte sie, während ihre Absätze auf den alten Steinen knallten. Wozu merkte sie sich solches Zeug? Weil *La Samaritaine* eine Vorläuferin jener Wasserpumpen gewesen war, die Martine heute in die ganze Welt verkaufte. Wasser war der Rohstoff der Zukunft. Und er war in Gefahr.

Entlang der Seine schlenderte Martine in das Gewirr um Saint-Germain. Beim Pont des Arts toste der Fluss in der Eisenkonstruktion. Sie nickte einem Bouquinisten zu und schmökerte ein paar Minuten an seinem Stand. Früher hatten die Buchhändler an der Seine ihre Bücher für sich selbst sprechen lassen. Heute boten sie sie lautstark feil. Martine verstand ihre Panik. Man brauchte sich nur die Menschen rundum anzusehen: Da liefen sie an einem der schönsten Flussufer der Welt entlang, doch worauf richteten sie ihre Augen? Nicht auf die Seine, nicht auf die Menschen oder das Angebot der Bouquinisten, sie glotzten auf ein Display. Sie wischten und tippten und redeten mit unsichtbaren Gesprächspartnern. Wen interessierten in einer solchen Welt noch antiquarische Bücher? Martine stellte den Band ins Regal zurück.

»Sie interessieren sich für *Anna Karenina?*«, fragte der junge Mann.

War er wirklich jung? Blond und athletisch, knapper Pulli mit V-Ausschnitt, doch um die Augen fand Martine Zeichen durchlebter Erfahrungen. Heute war ein heiterer Tag. Der Sommer hatte seine sengende Kraft verloren, der Fluss roch nach Lehm und Holunder – in dieser Atmosphäre hätte der junge Mann fröhlich sein können, aber er wirkte schwer, umgeben von Traurigkeit.

»Danke«, antwortete sie. »Ich habe nur ein bisschen darin geblättert.«

Er zog das Buch noch einmal hervor. »Das ist eine sehr seltene Übersetzung. Sie stammt noch von vor dem Krieg.«

Martine ließ sich das Impressum zeigen. »Neunzehnhundertsechsunddreißig«, murmelte sie.

»Die modernen Übersetzungen sind einfach nur modern und weiter nichts. In diesem Buch finden Sie den wahren Tolstoi.« Der Wind blies eine blonde Strähne in seine Stirn.

Martine hatte es sich zur Angewohnheit gemacht, nichts zu kaufen, was sie nicht wirklich brauchte. Es gab ohnehin von allem schon zu viel, viel zu viel, Unmengen zu viel; man kaufte und kaufte, und nach ein paar Jahren warf man die Sachen wieder weg. Sie kannte sich gut genug, um zu wissen, dass sie Anna Karenina nicht noch einmal lesen würde. Sie sah sich lieber den Film an, den mit dieser Schauspielerin … der Dings und dem anderen, dessen Name ihr nie einfiel.

»Ich überlege es mir.«

Der junge Mann lächelte traurig. »Diesen Satz höre ich von allen Leuten, die ich nie wiedersehe.«

Aufdringliche Verkäufer waren Martine zuwider, doch er hatte nichts Aufdringliches.

»Ich suche ein Geschenk«, erwiderte sie spontan. »Für meinen Mann Clément.« Sie hatte keine Erklärung, wieso sie dem Unbekannten Cléments Namen verriet.

»Was liest ihr Mann?«

»Er liest eigentlich gar nicht, er scrollt«, antwortete sie wahrheitsgemäß.

»Warum wollen Sie ihm dann ein Buch schenken?«

»Er liebt Tiere. Wenn wir nicht in der Stadt leben würden, hätten wir bestimmt nicht nur die Katze. Haben Sie etwas für einen Tiernarren?«

Der Bouquinist drehte sich um, ein Griff ins Regal, und er präsentierte Martine einen schweren Folianten.

»*Die Fabeln*?«, rief sie überrascht. »Die Fabeln von La Fontaine?« Sie begann zu blättern, das Buch war mit ganzseitigen Radierungen von Doré illustriert.

»Es ist eine äußerst seltene Ausgabe.« Der Bouquinist trat hinter sie.

Mit wachsender Neugier blätterte sie weiter. »Ach, sieh mal an: *Der Stier und der Frosch*. An diese Geschichte erinnere ich mich.«

»Diese Fabel kommt im wahren Leben oft vor«, erwiderte er.

Martine verstand ihn nicht. »Ein Frosch, der einem Stier an Größe gleichen will?«

»Leute, die sich so lange aufblähen, bis sie platzen.«

»Ja, das stimmt. Besonders in Paris!«

Sie lachten gemeinsam.

Er beugte sich über das Buch und blätterte an eine bestimmte Stelle weiter. »Kennen Sie die Fabel vom verliebten Fuchs?«

Martine kramte in ihrer Erinnerung. »Der Fuchs will die Liebe eines Mädchens erringen«, begann sie. »Sie verspricht ihm ihre Liebe unter der Bedingung, dass er sich die Krallen schneiden und die Zähne abfeilen lässt. Der verliebte Fuchs tut, was das Mädchen befiehlt. Nun, da er sich nicht mehr verteidigen kann, hetzt sie die Hunde auf ihn.«

Er nickte anerkennend. »Sie sind eine Expertin. Und was lernen wir daraus? Dass man sich von Frauen niemals zähmen lassen darf?«

»Man sollte sich in der Liebe generell nicht zähmen lassen. – Ich nehme es.« Sie öffnete ihre Tasche.

»Es ist ein Unikat, Madame. Es gibt von dieser Ausgabe nur noch sehr wenige …«

»Sie können sich Ihr Verkaufsgespräch gerne sparen. Ich nehme es. Wie viel?«

»Tausendfünfhundert Euro, Madame.« Seine Augen blieben ernst, er schien nicht handeln zu wollen.

»Das ist tatsächlich …«

»Wenn Sie es sich noch anders überlegen wollen …«

»Ich kaufe es«, ging sie dazwischen, um ihre eigenen Zweifel niederzuringen. »Sofern ich mit Mastercard zahlen kann.«

»Wollen Sie nicht versuchen, den Preis zu drücken?«, entgegnete er verblüfft.

»Bringen Sie mich nicht in Versuchung.« Sie zückte die Kreditkarte.

Zur Rechnung legte er seine Geschäftskarte dazu. »Merci, Madame. Ich bin Benoît.«

»Bonjour, Benoît. Ich bin Martine.«

Vorsichtig senkte er das Buch in eine große Tüte.

Sie zögerte, sie zu nehmen. »Ich habe eine Bitte. Kann ich es später abholen? Ich möchte noch auf den Markt und will das schwere Ding nicht die ganze Zeit mit mir rumschleppen.«

»Selbstverständlich, Madame.« Er stellte es in den Hintergrund seines Standes.

Als Martine den Gemüsemarkt erreichte, grollte im Osten der Donner. Kam ein Gewitter aus östlicher Richtung, wurde es meistens schlimm. Sie blieb stehen. Noch mehr Regen? Wann würde das aufhören? Entfernt riss ein Blitz sein Blauweiß in den milchigen Himmel. Der nächste Donnerschlag barst über dem fünften Arrondissement. Es wurde rasch dunkel. Die Luft füllte sich mit Schwefelgeruch. Plötzlicher Schatten schnitt die Gesichter der Leute in zwei Hälften. Ein Windstoß wehte Hüte und Kappen davon. Schon zuckten Blitze wie wild über die Firste. Der Wind presste Martines Rock gegen ihre Beine. Erste Tropfen fielen klatschend auf ihre Schultern. Hier sollte sie nicht bleiben.

Martine lief gegen den Sturm, der in der schmalen Gasse heulte. Ihr kastanienfarbenes Haar wurde durcheinandergeweht. Staub wirbelte ihr ins Gesicht, sie wandte den Kopf ab. Martine stemmte sich gegen den Wind. An der nächsten Kreuzung überraschte sie die Regenwand. Nach ein paar Schritten entdeckte sie ein Café. Über dem Eingang las sie verschwommen *Petit Paris,* rannte darauf zu und trat ein.